Fran___
Der Tot___

CW00521394

Der Tote im Dorfteich wurde für den
Hansjörg-Martin-Preis nominiert.

Franziska Gehm

Der Tote im Dorfteich

Roman

GULLIVER
von BELTZ & Gelberg

Ebenfalls lieferbar:
»Der Tote im Dorfteich« im Unterricht PLUS
in der Reihe *Lesen – Verstehen – Lernen*
mit Kopiervorlagen auf drei Niveaustufen
ISBN 978-3-407-63156-5
Beltz Medien-Service, Postfach 10 05 65, 69445 Weinheim
Kostenloser Download: www.beltz.de/lehrer

»Der Tote im Dorfteich. In Einfacher Sprache«
ISBN 978-3-407-74690-0 Print
ISBN 978-3-407-74691-7 E-Book (EPUB)

Dieses Buch ist erhältlich als:
ISBN 978-3-407-74160-8 Print
ISBN 978-3-407-75803-3 E-Book (EPUB)

© 2010 Gulliver
in der Verlagsgruppe Beltz · Weinheim Basel
Werderstraße 10, 69469 Weinheim
Alle Rechte für diese Lizenzausgabe vorbehalten
© S. Fischer Verlag GmbH, Frankfurt am Main 2019.
Erstmals erschienen 2008 im Sauerländer Verlag
Neue Rechtschreibung
Einbandgestaltung: Cornelia Niere, München
Einbandbild: mauritius images/Alamy
Druck und Bindung: Beltz Grafische Betriebe, Bad Langensalza
Printed in Germany
12 13 14 15   22 21 20 19

Weitere Informationen zu unseren Autor_innen und Titeln
finden Sie unter: www.beltz.de

EINS

Der größte Teil des Skeletts lag noch in der Dunkelheit. Doch etwas hatte sich verändert. Etwas war in Bewegung geraten. Der Sommer war lang und trocken gewesen. Durch den harten Boden zogen sich fingerbreite Risse, die Sonnenblumenfelder waren vertrocknet, der Mais verbrannt. Die Flachsfasern des dicken Seils waren verrottet. Aus der Tiefe reckte sich eine Knochenhand empor. Sie zeigte nach oben, als hätte sie ein Ziel.

Eine Woche. Die ganzen Herbstferien. Im Arsch.

Jannek lehnte mit dem Kopf an der Fensterscheibe. Die kleine graue Welt flog draußen vorbei. Baum, Baum, Hügel, Haus, Schranke, Auto, Baum, Tunnel. Jannek schloss die Augen. Die Luft war schwer und trocken, und das gleichmäßige Ruckeln des Zuges wirkte einschläfernd. Zughypnose, dachte Jannek. Kurz darauf döste er weg.

»Schönen juten Tach, die Fahrscheine bitte!« Der Bahnbeamte schrie, als wäre er auf einem Fußballplatz.

Janneks Kopf rutschte vom Fenster ab, er rappelte sich auf, murmelte ein »Tag« und kramte einen zerknitterten Fahrschein aus der Hosentasche.

»Ribberow. Is' Schienenersatz«, sagte der Bahnangestellte, knipste den Fahrschein und reichte ihn Jannek zurück. »Müssen 'se ab Sandemünde 'n Bus nehm', junger Mann.«

Jannek fuhr sich durch die dunkelbraunen, störrischen Haare und nickte. Klar doch. Schienenersatz. Sonst noch was?

Nachdem der Schaffner gegangen war, lehnte Jannek den Kopf wieder ans Fenster. Die Landschaft änderte sich allmählich. Sandsteinfelsen wurden von sanften Hügeln abgelöst. Die Erde verlor den dunklen Farbton und wurde sandig. Warum hatte er sich nur auf diese Woche eingelassen? Seine Mutter war froh, dass er zu Hanne fuhr. Dass irgendjemand zu ihr fuhr. Jetzt, wo sie alleine war. Auf Opas Beerdigung vor einem halben Jahr hatte er sie zum letzten Mal gesehen. Hanne und Opa. So war es immer gewesen. Nicht Oma und Opa. Hanne hatte damals wie versteinert auf den Sarg geschaut. Jannek und seine Mutter mussten sich gegenseitig stützen. Hanne war und brauchte keine Stütze. Wie immer.

Eine langweilige Woche. Sieben langweilige Tage. 168 langweilige Stunden.

Nicht, dass Jannek wahnsinnig wichtige andere Pläne gehabt hätte – aber was gab es Hirneinschläferenderes, als auf einem Dorf zu hocken, in dem es weder ein Kino noch eine Bibliothek, geschweige denn einen normalen Supermarkt gab? Was war deprimierender, als bei Hanne rumzusitzen, die keinen Fernseher und auch keinen Computer hatte und den ganzen Tag mit den Hühnern redete?

Als Jannek in Sandemünde aus dem Zug stieg, prallte die für diese Jahreszeit noch immer erstaunlich warme Mittagssonne auf das Kopfsteinpflaster vor dem Bahnhof. Der Bus für den Schienenersatzverkehr parkte gegenüber vom Bahnhof und hatte bereits den Motor angelassen. Jannek stieg vorne ein. »Entschuldigung. Fahren Sie nach Ribberow?«

Der Busfahrer nickte, ohne Jannek anzusehen.

Es waren nur eine junge Frau mit einem Kleinkind und zwei ältere Damen im Bus, die anscheinend in Sandemünde zum Einkaufen gewesen waren. Jannek setzte sich auf einen hinteren Fensterplatz in der Nähe der jungen Frau und verfolgte eine kleine Wolke, die wie ein weißer Schleier über den Himmel glitt.

Weit unten, im Dunkel, ruhte das Skelett zwischen zerbrochenen Flaschen, alten Autoreifen und einem Fahrrad auf einer alten Pflugschar wie auf einem Thron. Es schien, als hätte ein Künstler die Totengebeine in dieses Stillleben gesetzt. Das Bild jedoch blieb verschwommen, bedeckt vom Schleier des Vergessens, wie alles, was hier versank.

Fünfzehn Minuten später hielt der Bus mitten auf einer kleinen Landstraße, neben der links und rechts nur Stoppelfelder lagen und bis auf ein einfaches Bushaltestellenschild weit und breit kein Zeichen von Zivilisation zu sehen war. Die hintere Bustür ging auf, doch im Bus blieb alles ruhig. Keiner rührte sich.

»He!«, rief der Busfahrer mit einer Stimme tief wie das Busbrummen selbst. Er drehte sich um, blickte zu Jannek und deutete mit dem Kopf nach draußen. »Ribberow.«

Jannek runzelte die Stirn und sah die junge Frau mit dem Kleinkind fragend an. Die Gegend war für ihren merkwürdigen Humor bekannt. Der Busfahrer übertrieb es Janneks Meinung nach aber etwas.

Die junge Frau nickte Jannek zu. »Sie haben die Strecke geändert«, erklärte sie. »Direkt nach Ribberow rein fährt nur der Vierzehner. Du musst der Straße dort folgen, immer geradeaus. Gleich hinter dem Hügel ist Ribberow.« Die Frau lächelte.

Die beiden älteren Damen warfen Jannek einen Blick zu, als wäre es ein Skandal, das nicht zu wissen.

Jannek bedankte sich bei der jungen Frau, nahm den Rucksack und stieg aus. Gleich hinter dem Hügel. Das waren mindestens fünf Kilometer. Jannek kannte die kleine holperige Landstraße von früher. Damals war er oft mit Opa auf dem Fahrrad ins Nachbardorf gefahren.

Der Bus fuhr weiter und ließ nur ein Motorenknurren und eine Abgaswolke zurück. Jannek schulterte den Rucksack und folgte der Landstraße. Ein Auto schoss an ihm vorbei, so knapp, dass Jannek den Luftzug am ganzen Körper spürte. »Dorfarsch!«, rief Jannek und blickte dem Auto nach. Es fühlte sich gut an, endlich laut zu schreien. Auf einmal leuchteten die Bremslichter des Wagens auf, kurz darauf die weißen Lichter des Rückwärtsgangs, und das Auto kam wieder auf Jannek zu. Es blieb neben ihm stehen und das Beifahrerfenster ging nach unten.

»J.J.?«

Jannek beugte sich zum Fahrer hinunter. »Till!«

»Oh Mann! Ich kann's nicht fassen. Echt, du bist es. Wer hätte gedacht, dass du dich hier mal wieder sehen lässt.« Till musterte Jannek einen Moment. Dann grinste er. »Komm schon, steig ein, alte Stadtschwuchtel!«

Jannek zögerte, dann schmiss er den Rucksack auf den Rücksitz, auf dem eine Polizeijacke lag, und setzte sich auf den Beifahrersitz.

»Mann!«, sagte Till, schlug Jannek auf die Schulter und zog ihn an sich heran. »Schön, dich mal wieder hier zu haben, Kleiner.«

Jannek suchte Tills Gesicht nach einem Zeichen des Spotts ab, doch er schien es ernst zu meinen. Obwohl sie sich seit Jahren nicht gesehen hatten. Obwohl Jannek sich seit Jahren nicht gemeldet hatte. Jannek nickte. »Ebenfalls. Großer.«

Till legte den Vorwärtsgang ein und trat aufs Gas. »Erzähl, was treibt dich alleine hierher? Sehnsucht nach Kuhmistgestank? Hast endlich eingesehen, dass das Stadtleben nur krank macht, was?« Till lachte in sich hinein, und seine Wangen leuchteten wie damals, als er mit Jannek zusammen das Dorf und die Umgebung unsicher gemacht hatte.

»Hanne braucht etwas Gesellschaft. Sonst wird sie noch seltsamer. Meint zumindest meine Mutter.«

»Und warum ist sie nicht mitgekommen? Warte – lass mich raten – sie hat endlich einen Mann in eure Zweierbude geschleift und will mal ein paar ungestörte Tage ohne Klein-J.J. genießen.« Till boxte Jannek in die Seite.

»Kein Mann. Nur zwei Jobs gleichzeitig. Und zur Abendschule geht sie jetzt auch noch.«

»Verstehe. Und du hast dich dann breitschlagen lassen, Hanne zu besuchen.«

Jannek zuckte mit den Schultern. So konnte man es wohl nennen. Von alleine wäre er auf jeden Fall nicht auf die Idee gekommen, zu Hanne zu fahren. »Und wieso bist du hier? Was ist mit deiner Ausbildung?«

Tills Augen funkelten. »Fertig. Bin jetzt Polizeimeister in beamtenrechtlicher Probezeit.«

»Also nichts mehr mit Kirschen klauen.«

»Och, na ja. So eng sehe ich das nun auch wieder nicht.«

»Du arbeitest in Ribberow?«

»Klar, ich muss doch meinen Vater bei der Verbrecherjagd im Dorf unterstützen. Was meinst du, da gibt es jede Menge zu tun! Der kleinen Kruse hat jemand die Luft aus dem Rad gelassen, dem fetten Bartsch hat jemand die Butter vom Brot geklaut und der alte Erpel hat sich von Verkaufsprofis 500 Porno-DVDs aufschwatzen lassen, obwohl er gar keinen DVD-Player hat.« Till lachte und winkte dann ab. »Ribberow ist der nette Teil unseres Einsatzgebietes. Da passiert sowieso nie was.«

»Und du wohnst echt noch bei deinen Eltern?« Jannek konnte sich nicht vorstellen, dass er mit 21 immer noch mit seiner Mutter in der Zweiraumwohnung leben würde.

»Warum nicht? Hab mir die obere Etage ausgebaut. Spare die Kohle für Miete lieber. Außerdem verstehen wir uns alle gut. Und der Wäscheservice ist erstklassig.« Till grinste zufrieden vor sich hin.

Sie hatten die Spitze des kleinen Hügels erreicht und vor ihnen tauchten in der Senke die ersten Häuser von Ribberow auf.

»Wohnt da jetzt wer?«, fragte Jannek und deutete auf ein Haus, das etwas abseits vom Dorf am Waldrand stand und vor dem ein Auto parkte.

»Na sicher. Der Waldeinstein und Rike, seine Tochter. Aber schon seit … schätze seit sechs, sieben Jahren.«

»Waldeinstein?«

»Ja, wegen der Haare.« Till zog seine blonden Locken in die Höhe. »Die stehen nach allen Seiten ab, als würde er jeden Morgen den Finger in die Steckdose stecken. Und seit dem Tod seiner Frau scheint bei ihm da oben echt was durchgebrannt zu sein.« Till machte mit dem Finger eine Kreisbewegung an der Schläfe.

»Wieso ist die tot?«

»Selbstmord.« Till zuckte mit den Achseln. »Weiß keiner so genau, warum. War eine komische Geschichte damals. Hat Hanne euch nichts davon erzählt?«

Jannek schüttelte den Kopf. In den letzten Jahren hatte Jannek seine Mutter immer seltener nach Ribberow begleitet. Und wenn, dann war er nur für ein, zwei Tage im Dorf. Die »neuen« Bewohner am Waldrand waren Jannek nie aufgefallen.

»Und die Tochter?«

»Was soll mit Rike sein?«

»Kommt die klar alleine mit ihrem Einstein-Vater?« Alleine mit einer halbwegs normalen Mutter zu leben, war schon nicht immer leicht. Wie war es dann mit einem Waldeinstein?

Till fuhr sich mit der Hand über den Nacken. »Rike macht schon ihr Ding.« Er hielt einen Moment inne und blickte aus den Augenwinkeln zum Haus am Waldrand. »Müsste ungefähr so alt sein wie du, macht zumindest gerade die Zehnte. Ist ziemlich fit.«

Jannek musterte Till. »Kennst du sie gut?«

»Wie man sich eben so kennt auf dem Dorf. So, da wären wir.« Sie fuhren an dem gelben Ortsschild vorbei und bogen in die erste Seitengasse rechts ab. An deren Ende stand das alte rotbraune Backsteinhaus der Jensens. »Meinst du, die strenge Hanne lässt dich heute noch mal zum Spielen raus? Wir könnten angeln gehen oder später im Krug 'ne Runde Darts spielen.«

Jannek nahm seinen Rucksack von der Rückbank. »Mal sehen. Keine Ahnung, wie sie so drauf ist. Ich meld mich oder komm einfach vorbei, wenn es geht.«

Nachdem Till mit dem Auto wieder um die Ecke zur Hauptstraße verschwunden war, ging Jannek langsam auf die dunkelbraune Tür zu. Das Haus sah von außen völlig verlassen aus. Eine Klingel gab es nicht, und als niemand auf sein Klopfen reagierte, ging Jannek einfach ins Haus. Die Tür war wie immer nicht abgeschlossen.

»Hanne?«, rief Jannek in den dunklen Flur und ging langsam weiter. Im Haus roch es nach alten Leuten, und bis auf das Ticken der Uhr im Wohnzimmer war alles still. Zu still. »Hanne? Ich bin's, Jannek.« Dein Enkel, den du noch nie leiden konntest. »Wo steckst du?« Jannek stellte den Rucksack ab und ging in die Küche. Sein Blick fiel auf den Küchentisch. Die Plastiktischdecke war blutverschmiert. Jannek schluckte und hielt sich am Türrahmen fest. Er drehte sich um – und zuckte zusammen. Nur ein paar Zentimeter von ihm entfernt funkelten zwei eisblaue Augen.

»Sieh mal an, Besuch.«

Jannek schloss kurz die Augen und atmete aus. »Hallo, Hanne. Ebenfalls schön, dich zu sehen. Wie kommt denn das ganze Blut auf den Küchentisch?«

»Kaninchen«, sagte sie langsam und musterte Jannek eindringlich. »Bist groß geworden im letzten halben Jahr. Ein richtiger Mann. Wird deine Mutter aber stolz sein, was für ein Prachtkerl du geworden bist.«

Jannek hatte das Gefühl, ihre Augen durchbohrten ihn. Er drückte sich an Hanne vorbei in den Flur und nahm den Rucksack. »Apropos. Ich soll dich schön grüßen und sie hat mir etwas mitgegeben für dich.« Jannek holte die Dose mit den Keksen aus dem Rucksack. »Hier. Hat sie selbst für dich gebacken.« Hanne starrte auf die Dose. »Backen? Das hat sie doch noch nie interessiert. Was soll das? Meint sie, ich kann nicht mehr selber backen?« Hanne deutete auf den Küchenschrank. »Stell die Dose da oben drauf.«

Jannek zögerte einen Moment, dann stellte er die Keksdose auf den Küchentresen. »Vielleicht willst du sie ja zumindest mal probieren.« Jannek musste daran denken, wie seine Mutter zwischen ihren Jobs die Zutaten gekauft und dann bis spät in die Nacht Kekse gebacken hatte. Er durfte ihr noch nicht einmal helfen, sie wollte unbedingt alles alleine machen. Was wollte sie Hanne damit beweisen? Jannek kam es manchmal so vor, als hätte seine Mutter Hanne gegenüber ein schlechtes Gewissen oder etwas wiedergutzumachen.

»Ich bin bei den Hühnern«, sagte Hanne und wandte sich zum Gehen.

»Warte, Hanne, ich …«, rief Jannek, hielt dann aber inne. Am liebsten hätte er sie gefragt, ob sie sich überhaupt freute, dass er da war. Aber Hanne so etwas zu fragen, kam ihm lächerlich vor.

»Was?«

»Kann ich dir irgendwie helfen?«

Hanne blickte auf seine weißen Turnschuhe. »Probier mal, ob du in Opas Schnürstiefel und seine Jacke passt. Dann kannst du dich um das Holz auf dem Hof kümmern.«

Beim dritten Klingeln war Jannek am Telefon. »Jannek Jensen.«

»Und, alles klar bei euch?«, fragte seine Mutter.

»Ja, bestens.« Er musterte die Blasen an seiner rechten Hand, die er sich beim Holzhacken am Nachmittag geholt hatte. Verdammtes Weichei.

»Hast du ihr schon die Kekse gegeben?«

»Ja. Sie … sie war erstaunt, dass du jetzt bäckst.«

»Also hat sie sich gefreut? Sie schmecken ihr?«

Jannek blickte zur Keksdose, die unberührt auf dem Küchentresen stand. »Total. Sie war ganz begeistert. Also, das hat sie nicht gesagt, aber man konnte es ihr ansehen. Du weißt ja, wie sie so ist, sie würde es dir gegenüber wahrscheinlich nicht zugeben.«

Janneks Mutter seufzte am anderen Ende der Leitung. »Und, meinst du, ihr zwei kommt klar?«

»Bestimmt. Wir sind geradezu verliebt ineinander. Sie meint, du könntest stolz auf mich sein, weil ich so ein Prachtkerl geworden bin.«

Einen Moment blieb es still in der Leitung. »Ich nehme an, Hanne ist nicht in der Nähe und will mich sprechen, oder?«

Jannek sah auf den Hof. Hanne blickte vom Hühnerstall hinüber zum Haus und wandte den Blick wieder ab, als Jannek die Gardine zur Seite schob. »Nein. Ich weiß nicht, wo sie gerade steckt.«

»Na gut, dann richte ihr einfach einen Gruß aus, ja. Und – Jannek?«

»Ja?«

»Danke.«

»Ist schon okay. Irgendwann war ich ja mal wieder mit einem Besuch in Ribberow dran.«

»Nein. Ich meine dafür, dass du mir bei den Keksen die Wahrheit erspart hast.«

Licht drang in die Dunkelheit, störte die Ruhe. In der Tiefe schimmerte ein grüner Schleier. Die oberste Kante der Pflugschar war kurz davor, die Wasseroberfläche zu durchbrechen. Die leeren, schwarzen Augenhöhlen des Toten waren nach oben gewandt – auf den dunkelblauen Himmel über Ribberow.

ZWEI

Das Dorf hatte sich in all der Zeit kaum verändert. Zehn Jahre waren vergangen, seit Jannek mit seiner Mutter weggezogen war. Er war damals sechs gewesen, und für ihn fing in der Stadt ein neues Leben an. Ein Leben ohne Opa, Hanne und Till, ohne Hühner und Schafe und ohne endlose Streifzüge. Ein Leben mit Straßenbahnen, mit Fahrstühlen und Rolltreppen, mit Schule und mit neuen Freunden. Erst hatte Jannek Ribberow vermisst, doch je älter er wurde, desto fremder fühlte er sich bei den Besuchen im Dorf.

Jannek bog aus der kleinen Seitengasse auf die Hauptstraße. Das Kopfsteinpflaster glänzte in der Abendsonne. Er lief mit einem Bein auf dem Bordstein und mit dem anderen auf der Straße, wie er es als Kind getan hatte. In der Hauptstraße hatten ein paar Häuser einen neuen Anstrich bekommen. Das Haus, in dem früher eine kleine Drogerie gewesen war, hatte einen schweinchenrosa Putz. Dicke Gardinen hingen vor dem ehemaligen Schaufenster. Ein altes, villaähnliches Haus, das etwas zurückgesetzt stand, strahlte im neuen Weiß, die Fensterläden waren blau. Vor der Haustür stand ein Schild von einer Immobilienfirma.

Die meisten Häuser jedoch hatten ihre alte Fassade behalten. Graue und backsteinrote Häuser wechselten sich ab. Bei manchen waren die Gardinen hinter den Fenstern so grau und die Zäune und Briefkästen so verrostet, dass sich Jannek fragte, ob dort überhaupt noch jemand wohnte.

An der Straßenecke, von der aus eine Gasse zu ein paar dreistöckigen Häuserblöcken führte, die in den 70er Jahren erbaut worden waren, stand noch immer eine kleine braune Bank. Nur Opa Kunkel saß nicht mehr drauf. Jannek folgte der Gasse, ging an den Häuserblöcken vorbei und bog auf einen Sandweg, der zu einem einzeln stehenden, zweigeschossigen Haus führte. Dort wohnten die Hempels.

Jannek drückte auf die Klingel. Die Tür öffnete sich mit einem Ruck.

»Mensch, da isser ja! Der kleine Jensen. Till hat uns schon gesagt, dass du mal wieder im Lande bist«, begrüßte ihn eine Frau in einem leuchtend roten Pullover, über dessen Ärmel ein Küchentuch lag. Mit der einen Hand hielt sie die Türklinke, die andere streckte sie mit gespreizten, nassen Fingern von sich weg. Jannek rang sich ein Grinsen ab. In diesem Nest würde er wahrscheinlich noch der kleine Jensen sein, wenn er über zwei Meter groß war. Das war eins, was ihn hier nervte: Was einmal in den Köpfen war, rottete da für die Ewigkeit.

»Tatsache. Und wie groß er geworden ist!«, erklang eine Bassstimme hinter der Frau, und Tills Vater schob sich in Janneks Blickfeld. Sein Bauch sah aus wie der Panzer einer Riesenschildkröte. Die Knöpfe an dem olivgrünen Hemd mussten einiges aushalten.

›Und wie fett Sie geworden sind‹, dachte Jannek, sagte stattdessen nur: »Hallo, Herr Hempel.«

»Ach, hör doch auf mit dem Schnöselsprech! Wir sind hier alle per Du. Dietmar bin ich, schon vergessen?« Tills Vater legte den Arm um Jannek. »Komm rein, immer mal rein in die gute Stube. Musst doch nicht wie ein Bettler vor der Tür stehen bleiben.«

»Ich setze Kaffee auf. Du bleibst doch eine Weile, oder?«, fragte Frau Hempel und war schon mit einem Bein wieder in der Küche.

»Nein. Er bleibt nicht.« Till stand auf der Treppe und zog sich eine graue Jacke über. »Wir gehen angeln.«

»Wo? Sag bloß in der Pfütze von Weiher!« Herr Hempel schnaufte.

»Angeln ist ein Sport. Und dabei sein ist alles«, klärte Till seinen Vater auf.

»Das ist der olympische Gedanke«, stimmte Jannek zu und winkte dann Frau Hempel. »Danke für die Einladung. Ein anderes Mal gerne.«

Auf dem Weg zur Garage knuffte Till Jannek in die Seite. »Immer noch ganz der alte Mister Nice Guy. *Danke für die Einladung*«, sang Till mit hoher Stimme.

»Klar doch. Funktioniert aber nur bei Frauen ab vierzig.«

Till holte zwei Angelruten und den kleinen alten Koffer mit dem Anglerzubehör aus der Garage. »Wann warst du das letzte Mal angeln?«

»Schon ewig her«, sagte Jannek, nahm Till den Koffer ab und bog mit ihm auf die Hauptstraße. Wo sollte er in der Stadt angeln gehen? Und vor allem: Mit wem?

»Die strenge Hanne hat dich also heute noch mal rausgelassen.« Till grinste.

»Ja, nachdem ich Holz für fünf sibirische Winter gehackt hatte, durfte ich gehen.« Jannek wollte Till seine Blasen an den Händen zeigen, überlegte es sich dann aber anders. Einmal am Tag Stadtschwuchtel genannt zu werden, reichte aus. Als Hanne vorhin seine Hände gesehen hatte, hatte sie nur »Blasen, was?«, gefragt und das Gesicht verzogen. Vielen Dank auch für die Anteilnahme.

Till schüttelte den Kopf. »Dabei braucht sie das ganze Holz doch gar …« Er hielt inne und starrte eine Person auf einem Fahrrad an, die ihnen auf der anderen Straßenseite entgegenkam. Es war ein Mädchen mit lockigen hellbraunen Haaren.

Sie trug eine braune Stoffhose und ein blaues T-Shirt und hatte ein ziemliches Tempo drauf.

»He, Rike!«, rief Till, und das Mädchen hielt mit quietschenden Bremsen an. »Hast du 'nen Blumenladen überfallen?« Till ging zu ihr hinüber und deutete mit den Angelruten auf den Gepäckträgerkorb, der voller Pflanzen war.

Jannek folgte Till langsam auf die andere Straßenseite.

»Willst du mich festnehmen?«, fragte Rike und verzog keine Miene.

Till legte den Kopf schräg, kratzte sich im Nacken und blinzelte Rike zu. »Wär' keine schlechte Idee.«

Rike wandte den Blick zu Jannek. »Und wer bist du? Noch ein Hilfssheriff?«

»Nein. Jannek«, sagte er. Rikes Augen waren klar und hell. Über das linke Auge fiel eine lockige Strähne. Sie hatte sich aus der Spange gelöst, mit der der Pony nach hinten gebunden war. Rikes Nase war klein, aber sie hatte etwas Kantiges.

Till schlug sich mit der flachen Hand vor die Stirn. »Entschuldigt meine Manieren. Darf ich vorstellen: Rike Steinmann, einzige Violinistin und Vegetarierin des Dorfes. Jannek Jensen, stadtflüchtiger Ureinwohner von Ribberow und adoptierter kleiner Bruder vom Polizeimeister.«

Auf Rikes hoher Stirn tauchten kleine Falten auf. »Adoptiert?«

»Wir sind so was wie Sandkastenfreunde«, erklärte Jannek. Er sah, dass sich auf Rikes gebräunten Armen die feinen hellbraunen Haare zur Gänsehaut aufstellten.

Till legte den Arm um Janneks Schulter. »Kannst froh sein, dass du noch nicht hier gewohnt hast, als J.J. und Till die Gegend unsicher gemacht haben.« Dann lachte er und stupste Jannek an, als wolle er ihn auffordern, mitzulachen.

»In welche Stadt bist du geflüchtet?«, fragte Rike Jannek.

»Nach Pinzlau.«

»Und wieso bist du nach Ribberow zurückgekommen?«

»Ich bin nur zu Besuch. Hanne … meine Oma lebt allein. Ich leiste ihr etwas Gesellschaft.« Die einsamste Beschäftigung der Welt.

»Hanne Jensen?«

Jannek nickte und Till, der noch immer den Arm um ihn gelegt hatte, zog ihn näher an sich heran. »Und außerdem hatte er Sehnsucht nach ordentlicher Dorfluft. Stimmt's?« Till atmete tief ein und stieß dann ein »Ahh!« aus.

»Du willst sicher nach Hause«, sagte Jannek und deutete unbestimmt auf Rikes Arme, auf denen sich die Gänsehaut jetzt deutlich zeigte.

Rike zog die Augenbrauen zusammen. Auf der Stirnmitte bildete sich eine tiefe, lange Falte. »Hast es eilig, mit dem Polizeimeister zu angeln, was?« Sie warf einen Blick auf Till, der die Angelruten in der Hand hielt, dann setzte sie sich auf den Sattel und trat in die Pedale.

»Tschüss dann!«, rief ihr Till hinterher.

Jannek sah Rike nach. Ihr Oberkörper beugte sich bei jedem Tritt über den Lenker und aus dem Gepäckträgerkörbchen drohte eine Pflanze herauszufallen, während Rike immer schneller über das Kopfsteinpflaster fuhr.

Till, der Rike ebenfalls nachsah, schüttelte den Kopf. »So ist sie. Man weiß nie, was man bei ihr falsch oder richtig macht. Auf einmal bekommt sie ihren Rappel und weg ist sie.«

Jannek zuckte mit den Schultern. Er kam gut mit Mädchen aus, aber er verstand sie deshalb noch lange nicht. Und eigentlich interessierten sie ihn auch nicht. Genau wie seine Mutter waren sie einfach immer da und überall, wollten reden, verstanden werden oder verstehen – aber sie verstanden Jannek nicht und er verstand sie nicht. »Lass uns angeln gehen, das ist einfacher.«

Sie folgten der Hauptstraße bis zum Dorfrand, wo der Weiher lag.

»Sieht aus, als hätte da jemand den Stöpsel gezogen«, sagte Jannek, als sie sich an ihren alten Stammplatz am Ufer niederließen.

»Das liegt einfach an der Dürre. Hat ja seit Monaten nicht richtig geregnet.« Till reichte Jannek den Brötchenteig, aus dem sie kleine Klümpchen formten, die sie zum Anfüttern ins Wasser warfen. Dann fädelten sie jeweils einen Regenwurm auf den Haken und warfen die Angeln aus. Tills Schwimmer landete beinahe in der Mitte des Weihers. Janneks Schwimmer dagegen traf nur ein paar Meter vom Ufer entfernt auf das grünbraune Wasser.

Eine Weile sagte keiner der beiden etwas. Jannek spürte, wie Till ihn von der Seite musterte. »Was ist?«

»Ach, nichts. Du hast dich nur ziemlich verändert. So äußerlich, meine ich. Siehst gar nicht mehr wie der kleine Jensen aus.«

»Sag bloß!« Wenigstens Till war es aufgefallen, dass Jannek nicht mehr der blasse Dreikäsehoch mit den Zahnlücken war, als der er das Dorf verlassen hatte. »Tja, wenn sogar Hanne mich einen Prachtkerl nennt, muss wohl was dran sein.«

»Wahnsinn, ein Kompliment von Hanne! Das musst du in die Dorfchronik eintragen lassen.«

Jannek wiegte den Kopf. Er bezweifelte, dass Hanne den Prachtkerl als Kompliment gemeint hatte. So wie sie es gesagt hatte, klang es bitter und verächtlich. Er wusste nicht, was für ein Problem Hanne mit ihm hatte. Er wusste nur, dass Hanne ihn als Enkel tolerierte – mehr nicht.

»Und?«, sagte Till und zog die Angelschnur ein Stückchen ein. »Wie viele Prachtladys hat der Prachtkerl schon eingetütet?«

»So circa minus fünf.«

»Ach, komm, erzähl mir doch nichts, J.J.! Hundertpro ist bei dir schon was gelaufen. In Pinzlau hast du doch Auswahl wie im Mädel-Megastore.«

Jannek dachte an die Mädchen in seiner Klasse. Laaangweilig.

»Nee, glaub mir, da läuft nichts. Meistens nervt das ganze Gezicke einfach nur. Das muss ich mir nicht geben.«

»Aber schwul bist du nicht oder so was?« Till sah Jannek mit zusammengezogenen Augenbrauen an.

»Quatsch.«

Till schlug Jannek auf die Schulter. »Na, dann kommt das mit den Büchsen noch, J.J., wart's ab!«

»Was ist mit dir? So eine Polizeimeisterin in Uniform und Handschellen muss doch heiß wie Hölle sein, oder?«

Till zog die Nase hoch. »Von 35 Auszubildenden waren 28 männlich. Und von den sieben weiblichen waren vier schon besetzt, zwei ein Paar und eine ein Schrank mit Damenbart, vor der hatte sogar der Ausbilder Angst.«

»Was ist mit den Mädchen im Dorf? Die Enkelin vom Kunkel oder die Tochter vom Bartsch?«

Till winkte ab. »Die sind doch alle weg. Noch nicht mal zur Kirmes kommen sie her. Haben was Besseres zu tun.«

Jannek schwieg. Wann war er das letzte Mal zur Kirmes hier gewesen? Vor sechs Jahren? Sieben? Mann – scheiß auf die Kirmes! Irgendwann war das einfach alles nur noch weit weg. Was hätte Jannek nach Ribberow ziehen sollen? Till? Mit ihm hatte er die Stühle im Dorfkrug angesägt, Kleber in die Shampooflasche seiner Tante gefüllt und die Zigarre vom alten Kunkel geraucht, bis ihnen schlecht wurde. Aber er hatte nie mit ihm über das Gedankenknäuel in seinem Kopf und den Knoten in seinem Bauch geredet. Über seinen Vater, der in seinen Träumen, aber nie in Wirklichkeit auftauchte. Über die Welt, in die er sich zurückzog, wenn ihn niemand verstand. Über

Hanne, Heinz und seine Mutter. Darüber, dass zwei immer einer zu wenig waren.

Till räusperte sich. »Und Rike, die wir eben getroffen haben? Wie findest du die?«

Jannek dachte kurz nach. »Weiß nicht. Ich hab sie ja nur einmal kurz gesehen.«

Till zeigte aufs Wasser. »Ich glaub, dein Schwimmer hat gewackelt. Schau mal nach, ob der Köder noch dran ist.«

Jannek stutzte. Er hatte nichts bemerkt. Vorsichtig zog er an der Angel. Er spürte einen Widerstand. Jannek stand auf und zog mit einem kräftigen Ruck und spulte die Angelschnur auf. Till war ebenfalls aufgestanden. »Verdammt, was …?« Er starrte auf Janneks Fang, der jetzt aus dem Wasser auftauchte und auf sie zuschwebte.

Jannek spürte, wie seine Arme weich wurden. Sein rechtes Augenlid begann zu zucken. Er hatte das Gefühl, seine Beine versanken im Boden.

An der Angel hing eine Hand. Eine Menschenhand. Oder was davon noch übrig war.

Jannek sah die Hand näher kommen, erkannte einen grünlichbraunen Algenschimmer auf den Knochen. Zumindest hoffte er, dass es das war. Die leblose Hand schwebte in der Dämmerung über dem Weiher.

Jannek kam es so vor, als drückte etwas auf seine Kehle.

Wie ein Blitz schoss ihm ein Bild in den Kopf. Die Hand jagte auf ihn zu, krallte sich um sein Gesicht, umklammerte es wie ein Krake, fest und feucht, zerquetschte ihn, nahm ihm den Atem. Jannek wehrte sich, bäumte sich auf, schrie, schlug um sich, riss an der Hand. Er war schweißnass. Haare klebten an der Stirn. Sein Herz raste. Seine Beine verloren den Halt. Er war allein. Machtlos. Klein. Niemand würde ihm helfen. Niemand.

Plötzlich spürte er die Hand auf der Schulter.

»NEIN!«, brüllte Jannek. Er zuckte zusammen, die Angelrute glitt aus seinen feuchten Händen. Die leblose Hand versank wieder im Wasser. Jannek starrte auf die Wasseroberfläche.

»Ganz ruhig«, sagte Till langsam und ließ den Weiher nicht aus dem Blick. Er nahm die Hand von Janneks Schulter. Sekunden vergingen. Keiner sagte etwas.

»Lassen wir sie einfach drin liegen«, flüsterte Jannek. Hätte er seine Beine noch gespürt, er wäre weggerannt.

Sie blickten auf den dunklen Weiher. Alle Geräusche waren verstummt. Auf der Wasseroberfläche stieg eine Blase auf. Jannek sah kurz zu Till. Beide Jungen schüttelten gleichzeitig langsam den Kopf.

Behutsam hob Jannek die Angelrute auf. Sofort spürte er ihn wieder: Den Widerstand. Die Hand war noch am Haken. Er zwang sich, seine Arme unter Kontrolle zu halten, obwohl sie jeden Moment einzuknicken drohten. Sie fühlten sich so schwach an, als könne er kaum einen Löffel halten. Langsam rollte er die Angelschnur auf. Abermals überkam ihn für eine Sekunde der Drang, alles in den Weiher zu werfen und wegzulaufen. Nur weg von hier.

Doch er wusste: Er könnte zwar vom Weiher davonlaufen, nicht aber vor dem Bild. Es war längst in ihm, würde ihn verfolgen, nicht mehr loslassen.

Janneks Lid zuckte jetzt so stark, dass die Hand an der Angel verschwommen vor seinen Augen tanzte, als er sie schließlich an Land zog und auf einem kleinen Grashügel zwei Schritte entfernt von ihnen ablegte.

Zunächst rührte sich keiner. Sie sahen die leblose Hand an wie ein fremdes, gefährliches Tier. Schließlich ging Till einen Schritt auf die Hand zu. Jannek folgte zögernd. Seine Beine kamen ihm vor wie ferngesteuert. Er wäre am liebsten in die andere Richtung gelaufen, doch irgendetwas ließ ihn zu der Hand gehen.

»Ach du Scheiße«, flüsterte Till. Er schluckte mehrmals und atmete dann lautstark aus.

Jannek sah auf die Hand. Ein widerlicher Geruch stieg ihm in die Nase. Tod, Verwesung, Krankheit, Kloake und alter Sicker-schlamm. Der Geruch kroch durch die Nase in den Kopf, brei-tete sich wie ein Virus im Körper aus. Jannek schwankte. Das Augenlidzucken wurde kleiner und schneller. Er spürte die Bei-ne immer noch nicht, suchte mit den Armen nach Halt. Ihm wurde schwarz vor Augen. Er fiel.

»Jannek? Alles klar bei dir?« Till hielt Jannek am Arm und blickte in sein blasses Gesicht. »Mann, hast du mich erschreckt. Ich dachte, du klappst mir hier der Länge nach vor die Füße.« Jannek fuhr sich über das rechte Auge und schüttelte den Kopf. »Geht schon.«

»Sicher?«

Jannek nickte, und Till ließ seinen Arm vorsichtig los. Zwar wurde Jannek nicht mehr schwarz vor Augen, aber er schwankte noch immer. Er stützte sich mit beiden Händen auf die Knie. Die Hand aus dem Weiher lag direkt vor ihm auf dem Grashügel. Eine einzelne Hand. Eigentlich nur noch Knochen. Der Angelhaken hatte sich in einem Siegelring am Ringfinger verfangen. Janneks Atem setzte einen Moment aus und er wandte den Blick ab.

Diese Hand hatte einem Menschen gehört. Einem Menschen, genau wie Jannek und Till. Vielleicht war er nicht älter gewe-sen als sie, vielleicht hätte er aber auch ihr Großvater sein kön-nen. Er hatte einen Ring getragen, den er möglicherweise von seinem Vater geerbt hatte. Oder jemand hatte ihm den Ring geschenkt. Er wurde geliebt, hatte Freunde, eine Familie. Er hatte Pläne, Hoffnungen, Ängste. Er hatte ein Leben.

»Ich bin mir ziemlich sicher, dass das eine Menschenhand ist. Beziehungsweise war«, sagte Till leise. Seine Wangen waren blass. Er sah sich nervös nach allen Seiten um, dann fuhr er sich durch die Haare und versuchte ein Lächeln.

Jannek nickte und sah auf den Weiher. Die Überreste einer menschlichen Hand. Das war das absolut Letzte, was er aus dem Ribberower Weiher angeln wollte. Was er jemals angeln wollte. Wieso hatte gerade *er* die Hand aus der Tiefe geholt?

»Tja, das ist schon verdammt … verdammt unheimlich, oder?« Till blickte zu Jannek. »Ist die Frage, wie sie in den Weiher gekommen ist. Die Hand. So ganz allein.«

Jannek zuckte mit den Schultern. Er hatte keine Erklärung dafür und war sich im Moment nicht sicher, ob er eine finden wollte.

»Und was jetzt?«, fragte Till. Er zog die Augenbrauen zusammen und sah zum Himmel, an dem die ersten Sterne erschienen. Die Dämmerung tauchte die Bäume um den Weiher in kaltes Graublau und ließ sie wie gebückte alte Furien aussehen. »Nicht gerade gemütlich hier.«

Till hatte recht. Sie sollten verschwinden, bevor es stockdunkel wurde. Sie sollten die knöcherne Hand und den Weiher einfach vergessen, der Nacht überlassen, und morgen wäre der Spuk vorbei. Jannek sah aufs Wasser, dann wieder zur Hand. Auf einmal drängte sich ein grauenvoller Gedanke in seinen Kopf. »Wie kann es sein, dass ich eine einzelne Hand aus dem Weiher ziehe?« Obwohl Jannek dieser Fang für heute eigentlich reichte – aber eine einzelne Hand war einfach unlogisch.

»Bei deiner Kombinationsgabe solltest du in den Polizeidienst eintreten«, meinte Till. »Entweder, jemandem wurde die Hand abgehackt und dann ins Wasser geworfen, oder …«

»… da muss noch mehr im Teich liegen.«

Till und Jannek studierten schweigend die Wasseroberfläche.

Till ging einen Schritt nach vorne, trat bis zum Rand des Ufers. »Da!«, rief er und zeigte auf einen Punkt in Ufernähe, etwas weiter rechts von der Stelle, wo Janneks Schwimmer gewesen war. »Siehst du das? Da ist etwas!«

Und da erkannte es Jannek. Eine geschwungene braune Stange ragte beinahe aus der Wasseroberfläche heraus, nur wenige Millimeter fehlten. Der Rest der Stange verschwand in der grün-braunen Tiefe. Links und rechts von der Stange konnte man kreisförmige Leisten erkennen. Zwischen den beiden Bögen lag etwas. Jannek wusste sofort, was es war. Obwohl es auch von Algen bewachsen war, schimmerte hier und da etwas Helles durch. Eine ovale Form stach heraus. Sie war der Wasseroberfläche am nächsten. Jannek hatte das Gefühl, als würden ihn die zwei dunklen Löcher direkt ansehen. Er wandte den Blick ab.

»Ist das echt ein …«, begann Till, dessen Gesicht weiß leuchtete.

»Ein Skelett«, sagte Jannek, aber seine Stimme brach bei der letzten Silbe. Er schluckte. Das Schwindelgefühl blieb. In seinem Mund sammelte sich Speichel und er stieß auf. Jannek spuckte ins Gras, fuhr sich über den Mund und ließ die Hand auf Mund und Nase liegen. Er wollte schreien, weglaufen, um sich schlagen, doch er war wie gelähmt. Er starrte auf die Wasseroberfläche und das Skelett starrte zurück. Es starrte ihn an, ihn allein.

»Verdammte Scheiße«, flüsterte Till und fuhr sich durch die Haare. »Ein Skelett … ein … ich meine, das war mal ein Mensch, das ist … ein Toter … eine Leiche, scheiße verdammt, in unserem Weiher!« Tills Blicke flogen nervös umher. »Oh Mann, was machen wir denn jetzt? Jannek, he! Hörst du überhaupt zu? Stehst du unter Schock?« Till rüttelte an Janneks Schulter.

»Lass das«, sagte Jannek lauter als beabsichtigt und streifte

Tills Hand ab. Er hatte Angst, dass er jeden Moment zusammenbrach. Aber das musste Till nicht wissen. Für ihn war es wahrscheinlich nicht die erste Leiche. »Du bist hier der Polizeimeister. Was macht man denn, wenn man ein …« Jannek deutete mit dem Kinn auf das Wasser, »wenn man so etwas im Weiher findet?«

Till zögerte kurz, dann holte er sein Handy aus der Jackentasche. »Man ruft die Polizei.«

»Hast *du* die Bereitschaft der Kripo in Sandemünde angerufen? Hättest mich doch erst mal holen können«, schnaufte Herr Hempel seinem Sohn zu. Er kam mit hochrotem Kopf angerannt und zog im Laufen eine Uniformjacke über.

»Ich wollte dir nicht deinen freien Tag vermiesen. Außerdem hättest du hier auch nichts ausrichten können.« Till deutete auf den Weiher, an dessen Ufer sich die anderen Beamten bereits versammelt hatten.

»Was ist denn da los?«, fragte Herr Hempel und reckte den Hals.

»Wir haben beim Angeln eine Leiche gefunden. Genau genommen ein Skelett, und genau genommen hat Jannek es gefunden«, erklärte Till.

Jannek nickte. Er war froh, dass er nicht reden musste.

Herrn Hempels Wangen verloren binnen Sekunden ihre rosarote Farbe. »Ein Skelett?«, wiederholte er und starrte Richtung Weiher. »Aber das … ich meine …«

Ein Mann mit einem braunen Cordjackett kam auf Till und Jannek zu. Er hatte eine knollenähnliche Nase und buschige Augenbrauen. Er nickt Herrn Hempel zu, der Haltung annahm. »Jannek Jensen?«, fragte er dann in die Runde.

»Das bin ich.«

»Polizeihauptkommissar Rädke«, stellte der Mann sich vor. »Ich hab noch ein paar Fragen zum Fund. Ich weiß«, sagte er und hob die Hände, »Sie haben das alles schon meinen Kollegen erzählt. Aber ich will es noch mal hören. Also, Sie haben im Weiher geangelt, richtig?«

»Ja, mit Till. Also mit Herrn Hempel.«

Der Polizeihauptkommissar sah Tills Vater fragend an.

»Hempel junior«, fügte Jannek hinzu.

»Machen Sie das öfters? Hier angeln?«

»Nein. Das letzte Mal ist bestimmt schon sieben, acht Jahre her.«

»Schon mal was gefangen? Außer der Hand?«

Jannek zuckte mit den Schultern. »Ja, kann sein. Weiß ich nicht mehr so genau.« Jannek nervte die Befragung allmählich. Erst die zwei Polizisten, bei denen er sich wie im Kreuzverhör vorkam, und jetzt diese alte Knollennase. Wozu war es wichtig, ob er schon mal etwas im Weiher gefangen hatte? Interessierten sie sich für die Leiche oder für ihn?

»Sie wohnen in Pinzlau«, sagte der Polizeihauptkommissar und hob den Blick von einem Notizblock. »Macht man von dort aus einfach so mal einen kleinen Ausflug zum Angeln nach Ribberow? Was verschlägt Sie hierher?«

Jannek unterdrückte ein Seufzen. Was sollte denn die Frage? »Ich bin hier aufgewachsen. Meine Oma wohnt hier, die besuche ich. Rechtfertigt das einen Ausflug von Pinzlau nach Ribberow?«

Rädke merkte, dass Jannek gereizt war. »Na schön«, sagte er und klappte den Notizblock zu. »Nur noch eine Frage: Als Sie die Hand aus dem Wasser zogen – gab es da einen normalen Widerstand oder haben Sie richtig Gewalt angewandt?«

Jannek erinnerte sich an den Moment. Sein Augenlid begann

wieder leicht zu zucken. Er erinnerte sich, wie der Boden unter seinen Füßen weich wurde und dass sich seine Arme ganz schwach anfühlten. »Nein, keine Gewalt. Es war ein normaler Widerstand, einfach durch das Gewicht, nehme ich an.«

Rädke sah Jannek einen Augenblick an, dann nickte er. »Danke. Das war's erst mal.« Er drehte sich um, hob dabei die Hand zum Gruß und ging zu den Kollegen am Ufer.

Sie hatten zwei große Strahler aufgestellt und ein Polizist machte Fotos vom Fundort und der Umgebung. »Kollege Hempel?«, rief einer der Beamten, und sowohl Till als auch sein Vater eilten zu den anderen Polizisten hinüber.

Jannek blieb etwas abseits stehen. Er sah, wie ein Polizeibeamter die Skeletthand in eine Plastiktüte verpackte. Dann wandte er den Blick ab und setzte sich ein paar Schritte entfernt auf einen Stein. Langsam hob er seine Hand. Er sah dabei zu, wie er sie zur Faust ballte, die einzelnen Finger streckte, sie spreizte und schloss. Er stellte sich die Knochen unter der Haut vor. Sie würden ganz genauso aussehen wie die in der Plastiktüte. Jannek ließ die Hand sinken und schloss die Augen. Einen Moment war die Dunkelheit angenehm, doch plötzlich tauchten weiße Konturen darin auf. Das Skelett. Es saß wie auf einem Stuhl in der Dunkelheit und starrte Jannek an. Es war stumm, aber Jannek hatte das Gefühl, die schwarzen Augenhöhlen würden schreien.

Mit einem Ruck öffnete Jannek die Augen und stand auf. Sein Lid zuckte wieder, aber er schwankte nicht mehr. Er musste hier weg. Weg vom Weiher, vom Skelett, von seinen Schreien. Plötzlich stand Till neben Jannek. »Der Tatortbeamte macht noch ein paar Fotos, dann sperren sie ab und machen morgen weiter. In einer halben Stunde ist es stockdunkel. Das bringt jetzt nichts mehr. Morgen pumpen sie den Weiher ab und dann kommt ein Spezialteam.«

»Das ist alles? Der … das«, Jannek deutete auf das Skelett im Wasser, »… bleibt da einfach liegen?«

Till zuckte mit den Schultern. »Na ja, mir wäre es auch lieber, sie würden das Skelett wegschaffen. Aber was willst du denn machen? Ist ja nicht so, dass eine Obduktion eilig wäre. Solange der oder die Verflossene noch im Wasser liegt, geht sowieso nichts.« Plötzlich grinste Till. »Verflossene ist gut, was?«

Jannek schüttelte den Kopf. Till hatte sich offenbar schon wieder gut im Griff. Aber bei seinem Job käme es auch nicht so gut an, wenn ihn so ein Fund aus der Bahn werfen würde. »Ich mach mich dann mal auf den Weg.« Zumindest hoffte Jannek, dass ihn die Beine bis zu Hanne tragen würden. »Seh ich dich morgen?«

»Werd' sicher hier jede Menge zu tun haben. Ich meld mich.«

Jannek winkte Till zu und ging zurück zur Hauptstraße, ohne einen weiteren Blick auf den Weiher zu werfen. Er musste nur die Augen schließen, um alles zu sehen.

DREI

Das alte Backsteinhaus war in Dunkelheit und Schweigen gehüllt. Jannek betrat den Flur und machte Licht an. Hanne war weder im Wohnzimmer noch in der Küche. Die Plastiktischdecke auf dem Küchentisch war wieder sauber, das Blut verschwunden.

Eine Weile stand Jannek unentschlossen im Flur und lauschte dem Ticken der Wohnzimmeruhr. Wahrscheinlich war Hanne schon schlafen gegangen, überlegte er. Er ging zum Schlafzimmer und klopfte. Nichts. Einen Moment zögerte er, dann öffnete er vorsichtig die Tür.

Das Zimmer lag im Dunkeln. Nur langsam gewöhnten sich Janneks Augen daran, und er erkannte das große Massivholzbett in der Nähe des Fensters. Hannes schneeweißes Haar leuchtete im Mondlicht. Sie lag kerzengerade und hatte die Hände vor der Brust ineinander verschränkt. Obwohl sie jetzt das ganze Ehebett für sich hatte, ließ sie auf der rechten Seite immer noch Platz.

Was wollte er jetzt noch von Hanne? Vielleicht nur eine Stimme hören. »Gute Nacht«, flüsterte Jannek und schloss langsam die Tür.

Er ging in das kleine Besucherzimmer, in dem früher seine Mutter gewohnt hatte. Ohne Licht anzumachen setzte er sich aufs Bett und starrte in die Dunkelheit. Ein Frösteln kroch seinen Rücken hoch. Er fuhr sich mit der Hand über den Nacken. Sie war kalt und feucht.

Mit einer plötzlichen Bewegung holte er sein Handy aus der

Hosentasche. Er drückte hektisch auf die Tasten. Mitteilung. Mitteilung verfassen. Neue Kurzmitteilung. Jannek begann eine SMS an seine Mutter, aber er verschrieb sich ständig. Er löschte die Meldung komplett und begann erneut. Seine Finger zitterten, er traf die Tasten kaum. Immer wieder löschte er Buchstaben und Wörter, ging zurück, versuchte es abermals. Dann hielt er inne und sah auf das hellblaue Display. Sekunden vergingen. Jannek regte sich nicht. Das Display erlosch. Jannek saß wieder in der Dunkelheit.

Er warf das Handy auf einen Sessel und ließ sich aufs Bett fallen. Das Mondlicht fiel gräulich-blau ins Zimmer. Jannek schloss langsam die Augen. Er wartete auf das Skelett, aber er sah nur den Weiher. Er lag im Nebel, scheinbar friedlich. Dann hörte Jannek Geräusche, Stimmen. Er nahm Bewegungen im Nebel wahr, konnte aber nichts erkennen. Er hörte Lachen, Rufe, und etwas knirschte. Dann folgte ein markerschütternder Schrei.

Jannek fuhr hoch und presste sich die Hände an die Ohren. Er hörte sein Blut rauschen und atmete tief. »Hör auf, hör auf, hör auf!«, zischte er. Was war er für ein elender paranoider Schisser! Ein Muttersöhnchen. Ein Schürzenkind. Das hier war kein Horrorfilm. Das war die Wirklichkeit. Er musste in Ruhe darüber nachdenken.

Jannek atmete tief ein.

Er hatte im Weiher eine Leiche entdeckt. Sie bestand nur noch aus Knochen, also lag sie dort vermutlich schon viele Jahre, vielleicht Jahrhunderte. Es gab eine logische Erklärung dafür. Ganz sicher. Es musste eine geben. Es könnte ein Unfall gewesen sein. Vielleicht auch Selbstmord.

Oder Mord.

Ein Mord in Ribberow. Janneks Atem ging schneller. Womöglich war der Mörder noch im Dorf. Direkt in der Nachbarschaft.

Vielleicht kannte Jannek ihn sogar, hatte mit ihm geredet, ihm die Hand gegeben.

Jannek schüttelte den Kopf. Es reichte. Er musste schlafen, es zumindest versuchen. Er knipste die kleine Stehlampe an und nahm sein Buch über das Leben in der Tiefsee.

Die Sonnenstrahlen fielen durchs Fenster direkt auf Janneks Bett. Er blinzelte und wusste für eine Sekunde nicht, wo er war. Mit einem Ruck richtete er sich auf und das Buch fiel zu Boden. Augenblicklich war alles wieder da: Ribberow. Hanne. Till. Der Weiher. Die Hand. Die Leiche.

Er sah, dass er das Bett vollkommen zerwühlt hatte, und fühlte sich so ausgelaugt und verquollen wie nach einer Nachtfahrt mit dem Bus. Sein Mund war trocken und hatte einen schalen Geschmack. Jannek schob die Gardine zur Seite und sah Hanne gerade auf dem Hof mit einem Eimer hinter den Kaninchenställen verschwinden.

Obwohl Jannek sich übermüdet fühlte, spürte er gleichzeitig eine Unruhe in sich. Er stand auf, ging ins Bad und machte sich frisch. Danach fühlte er sich besser, doch die Unruhe blieb. Vielleicht war es nur der Hunger. Erst jetzt merkte Jannek, dass sein Magen sich vor Knurren zusammenzog. Er steckte sich etwas von dem Geld in die Hosentasche, das ihm seine Mutter für die Woche in Ribberow mitgegeben hatte, und verließ das Haus, um zum Bäcker zu gehen.

Der kleine Laden in der Hauptstraße hatte geöffnet. »Bäckerei Suckrow« stand auf einem glänzenden weiß-orangefarbenen Schild. Das Schild war das Einzige, was dort neu war. Vor dem alten Verkaufstresen hatten nach wie vor gerade mal drei Kunden Platz. In der Vitrine lagen nur noch vereinzelt ein paar Ku-

chenstücke und darauf stand auf einem weißen Papierdeck-
chen ein Bonbonglas, das mit runden, bunten Kaugummis gefüllt war.

»Bitt'schön?«, sagte Frau Suckrow, die hinter der Vitrine stand
und Jannek gelangweilt ansah. Sie hatte eine weiße Schürze
um und auf der linken Brust war ein gelber Fleck.

Jannek kaufte ein paar einfache Brötchen und eins mit Käse, in
das er hineinbiss, sobald er den Bäckerladen verlassen hatte. Er
blieb einen Moment kauend stehen und sah die Hauptstraße
entlang. Ein Auto fuhr gerade zum Ortsausgang Richtung
Großkumerow. Jannek kniff die Augen leicht zusammen und
blickte dem Auto nach. Wie von selbst fingen seine Beine an zu
laufen. Erst langsam, zögernd, als würde Jannek noch versuchen
dagegen anzukämpfen, dann immer schneller. Er spürte, wie die
Unruhe mit jedem Schritt zunahm. Ihm wurde bewusst, was
ihn trieb: Er musste zum Weiher. So schnell wie möglich. Es war
sein Toter. Oder seine Tote. Er hatte die Leiche gefunden.

Als Jannek auf den Kiesweg zum Weiher bog, blieb er abrupt
stehen. Damit hatte er nicht gerechnet: Das halbe Dorf war am
Weiher versammelt. Die Bewohner standen in kleinen Grüpp-
chen zusammen, redeten leise und sahen immer wieder zum
Weiher. Jannek bahnte sich seinen Weg zum Ufer. Jedes Mal,
wenn er sich einem Grüppchen näherte, verstummten die
Gespräche. Die Ribberower musterten Jannek argwöhnisch,
manche geradezu feindselig. Oder kam es ihm nur so vor? Die
Leute in der Gegend waren schon immer etwas verkniffen gewesen. Jannek nahm es als Kompliment, dass er nicht mehr als
Ribberower erkannt wurde, obwohl er hier aufgewachsen war.
Der gesamte Weiher war mit einem gelben Plastikband abgesperrt. Mehrere Polizeiautos sowie ein grüner Kleinbus park-
ten am Ufer. Polizisten liefen umher, telefonierten, sprachen
miteinander, machten Aufzeichnungen. Jannek erkannte Till,

der gerade etwas aus einem der Autos holte. Zwischen den Uniformierten waren auch zwei, drei Beamte in Zivil zu erkennen. Jannek trat so nah wie möglich an den Weiher heran. Einen Moment fürchtete er, ihm würden die Beine wegknicken, aber er schwankte nur und blieb stehen. Er sah, dass das Wasser komplett abgepumpt war. Im schlammigen Boden wateten zwei Menschen mit Gummistiefeln. Sie beugten sich, anscheinend mit Spezialinstrumenten, über das Skelett. Eine dritte Person stand etwas abseits und vermaß etwas.

Jannek zwang sich, das Skelett genau anzusehen. Es lag auf einem alten Metallkarren oder einer Art Pflug. Als hätte es sich dort niedergelassen und gewartet. Die Knochen waren von einer Algenschicht bedeckt. Es sah aus, als wäre es bekleidet. Eine Hand fehlte und der Totenschädel lag seltsam schief.

»Könn'se de Toten keene Ruhe lasse!«, seufzte jemand hinter Jannek.

Er drehte sich um und sah einer alten Frau ins Gesicht. Als sie seinen Blick bemerkte, blinzelte sie erschrocken und drehte sich um. Erst jetzt bemerkte Jannek, dass sich die Leute um ihn herum auf Abstand hielten. Er überflog die Gesichter. Sie sahen stur geradeaus und schwiegen.

Jannek ging zu dem Polizeiauto, bei dem er Till vorhin gesehen hatte. Er versuchte Till ein Zeichen zu geben, doch der redete gerade mit einem der Zivil-Leute und bemerkte ihn nicht. Ein letztes Mal blickte Jannek zum Weiher, dann drängte er sich durch die schweigende Menge der Schaulustigen zurück zur Hauptstraße.

Als Jannek zu Hause ankam, stand Hanne in der Küche und streckte sich, um eine Vase auf die Küchenschrankwand zu stellen. »Warte, ich helfe dir«, sagte Jannek und war mit zwei Schritten bei ihr. Hanne drehte sich kurz zu ihm um, die Vase glitt ihr aus der Hand und fiel, Jannek fing sie gerade noch auf.

»Ich hätte das auch allein geschafft, hättest du mich nicht erschreckt«, murrte Hanne und setzte sich an den Küchentisch, ohne Jannek anzusehen.

Jannek blieb einen Moment mit dem Rücken zu Hanne stehen und schloss die Augen. Er nahm sich vor, es wenigstens mit ihr zu versuchen. Seiner Mutter zuliebe und weil er sonst gar nicht hätte herkommen brauchen. Er drehte sich um, legte die Tüte mit den Brötchen auf den Tisch und sagte: »Machen wir Frühstück?«

»Was ist das?« Hanne deutete mit dem Kinn auf die Tüte.

»Brötchen.«

»Ich habe noch Brot«, sagte Hanne und schnitt mit einem großen Messer eine Scheibe von dem dunklen Brotlaib ab.

Jannek nahm sich einen Teller und ein Messer, setzte sich und schnitt ein Brötchen auf. Als er es mit Butter bestreichen wollte, klingelte das Telefon. Erst nach dem dritten Klingeln stand Hanne auf, ging in den Flur, wo das Telefon auf einem kleinen Tisch stand, und nahm ab. Einen Augenblick später war sie wieder in der Küche. »Für dich«, sagte sie.

Jannek ging zum Telefon und kam nach fünf Minuten zurück. Sein rechtes Augenlid zuckte leicht. Er setzte sich und sah auf das Brötchen, rührte es aber nicht an.

»Was wollte der kleine Hempel denn, dass es dir den Appetit verdorben hat?«

Jannek stand auf und holte sich ein Glas Wasser, dann setzte er sich wieder. »Wir haben eine Leiche im Weiher gefunden. Das heißt, mehr oder weniger nur noch ein Skelett.«

Hanne setzte die Tasse langsam wieder ab, die sie gerade zum Mund führen wollte. Auf dem letzten Stück fing die Hand

leicht zu zittern an. Die Fingerknöchel waren weiß. »Wieso …
ich meine, was …?« Hanne starrte Jannek an.

»Till und ich haben das Skelett gestern beim Angeln entdeckt.
Sie haben den Weiher abgepumpt und untersuchen jetzt alles.
Till hat eben erzählt, dass der Tote auf einem alten Ackerpflug
lag. Genau genommen war es nur ein halber Ackerpflug. Sie
haben Seilreste gefunden. Es kann sein, dass man den Toten
damit an den Pflug gebunden hat.« Jannek hielt inne. Bei dem
Gedanken, dass jemand an einen Ackerpflug gebunden ertränkt worden war, schnürte es ihm die Kehle zusammen. Er
blickte zu Hanne, die auf die Tischdecke starrte. »Das heißt, es
war Mord«, sagte er.
Hanne nahm das große Messer und schnitt eine weitere Brotscheibe ab. »Weiß man, wer der Tote war?« Die Brotscheibe
zerbröckelte an einem Ende, so dünn wurde sie.
»Bis jetzt nicht. Nur, dass es ein Mann um die 40 war. Die Polizei schätzt, dass er schon circa fünf Jahre im Wasser gelegen
hat. Sie haben das Skelett mitgenommen für die forensische
Untersuchung.«
»Wozu denn das? Was wollen die denn nach fünf Jahren noch
finden an so einem Skelett?«
Jannek zuckte mit den Schultern. »Keine Ahnung. Die können
doch heute alles Mögliche. DNA-Spuren, Zähne, synthetische
Stoffreste.«
Hanne winkte ab. »Das funktioniert doch nur im Fernsehen.
Ist der dicke Hempel auch bei den Untersuchungen dabei?«
»Glaub schon. Wahrscheinlich ist das gesamte Polizeirevier
eingebunden.«
Hanne stand auf und schob den Stuhl lautstark zurück. »Die
sollen sich lieber mal um die Raser auf der Landstraße küm-
mern.«
Für Hanne waren das Frühstück und die Unterhaltung damit

offenbar beendet. »Brauchst du Hilfe mit den Tieren? Oder soll ich in der Scheune mal aufräumen?«, fragte Jannek. Er wollte für Hanne nicht den hilfsbereiten Pfadfinder spielen, er wollte nur etwas tun, irgendetwas, was ihn ablenkte.

»Nein«, sagte Hanne bestimmt, dann betrachtete sie Jannek und überlegte einen Moment. »Aber du kannst mit dem Rad rüber nach Großkumerow zur Apotheke fahren. Meine Rheumacreme ist alle.«

Nachdem Jannek allein zu Ende gefrühstückt hatte, holte er das alte schwarze Herrenrad, hängte sich seine dunkelblaue Umhängetasche um und fuhr los. Großkumerow war ungefähr sechs Kilometer entfernt und die Strecke eben. An die kleine, mäßig befahrene Straße grenzten zu beiden Seiten Felder. Ab und zu stand eine Pappel am Straßenrand.

Nach etwa fünfzehn Minuten sah Jannek die ersten Häuser von Großkumerow. Am linken hinteren Dorfrand ragte das alte Silo empor und in der Dorfmitte der Kirchturm. Ein paar Minuten später fuhr Jannek an der Kirche vorbei und bog in eine kleine Querstraße ein. Die Apotheke war ganz neu und sah fremd aus zwischen all den alten Häusern. Jannek stellte das Fahrrad ab, drückte die Glastür mit dem goldenen Griff auf und betrat die Apotheke. Sofort war er von einem Geruch nach Hustenbonbons, Desinfektionsmittel und Zitrone umgeben.

»Aber er muss sich an die Dosierung halten«, sagte der Apotheker, dessen kleine randlose Brille auf der Nasenspitze saß, gerade mit Pastorenmiene zu einer Kundin.

»Mein Vater weiß, was er tut. Er nimmt diese Tabletten seit fünf Jahren«, erwiderte eine genervt klingende Stimme.

Jannek kannte diese Stimme. Und er kannte die Kundin. »Hallo«, sagte er, und Rike drehte sich zu ihm um.

»Kann ich Ihnen helfen?«, fragte der Apotheker, schob die Brille etwas höher und streckte das Kinn hervor.

Jannek trat an die Kasse und verlangte die Rheumacreme, die er für Hanne kaufen sollte. Er sah aus den Augenwinkeln, wie Rike die Tablettenschachtel und ihr Portemonnaie in eine Tasche steckte. »Wartest du draußen?«, flüsterte Jannek ihr zu.

Rike blickte auf, nahm ihre Tasche und verließ die Apotheke. Jannek wusste nicht, ob sie seine Frage gehört hatte und ob sie warten würde. Er wusste noch nicht mal, warum er sie das überhaupt gefragt hatte und warum er dabei auch noch geflüstert hatte, als wäre es verboten, mit jemandem in einer Apotheke zu reden.

Der Apotheker brauchte eine halbe Ewigkeit, um das Wechselgeld herauszugeben, wobei er noch einen kleinen medizinischen Vortrag über Rheuma hielt. Schließlich steckte Jannek die Rheumacreme und das Wechselgeld ein und verabschiedete sich.

Vor der Apotheke stand Janneks Fahrrad. Sonst nichts. Er sah links und rechts die Straße entlang, aber Rike war verschwunden. Wahrscheinlich hatte sie ihn wirklich nicht verstanden. Oder wollte einfach nicht auf ihn warten. Warum auch? Sie kannten sich so gut wie gar nicht.

Jannek überlegte, ob er noch etwas anderes aus Großkumerow mitbringen konnte, irgendetwas Nettes. Aber er hatte nicht viel Geld dabei und Hanne eine Freude zu machen, war sowieso unmöglich. Er schwang sich auf das alte Herrenfahrrad und fuhr auf dem Bürgersteig bis zur nächsten Abzweigung.

Auf einmal schoss ein Radfahrer um die Ecke. Im letzten Moment konnte Jannek sein Vorderrad noch herumreißen, sonst wären die Räder zusammengestoßen. »Das war knapp«, stieß Jannek aus.

»Du hast doch gesagt, ich soll warten«, erwiderte Rike. »Ich habe nur mein Fahrrad geholt.« Sie trug dieselbe braune

Stoffhose wie gestern und ein rotes, ärmelloses T-Shirt. Ihre Hände und Unterarme waren braun, nur die Oberarme waren etwas heller. Die Sonne wärmte heute nicht mehr so stark, aber das schien Rike nichts auszumachen. »Hat dir der Heinke auch ein Ohr abgequatscht?«

»Was?«

»Der Apotheker. Er redet unheimlich gerne. Am liebsten würde er wahrscheinlich Sprechstunden in seinem Laden halten.«

»Ist bestimmt ziemlich langweilig allein in der Apotheke den ganzen Tag«, meinte Jannek. »Kein Wunder, dass er dann die paar Kunden zuquatscht.«

»Ja, nur leider redet er in seiner Freizeit auch so gerne. Wenn du dir ein Pillenrezept holst, weiß der ganze Landkreis, wie du verhütest.«

Jannek sah Rike irritiert an. Warum erzählte sie ihm das mit der Pille? Ihre Augen waren graublau und hell. Sie hatten etwas Klares, Hartes, wie geschliffene Steine. »Na ja, dann weiß jetzt der ganze Landkreis, dass Jannek Jensen unter Rheuma leidet.«

Rike lachte kurz. »Und dass mein Vater sich mit Schlaftabletten ins Jenseits befördern will.«

Das Lächeln auf Janneks Gesicht gefror.

Rike verdrehte die Augen. »Mann, das war nur 'n Scherz.«

Jannek fand, dass das ein seltsamer Humor war. Vor allem, wenn Rikes Mutter tatsächlich Selbstmord begangen hatte.

»Wozu braucht er die Tabletten?«

»Na, zum Schlafen.«

»Ich meine: Warum?«

Rike zögerte einen Augenblick. »Weil er eben nicht gut einschlafen kann«, sagte sie dann und schob ihr Fahrrad auf die Straße. »Was ist? Fährst du auch zurück nach Ribberow?«

Jannek nickte. »Klar. Fahren wir zusammen?«

»Ich warne dich: Ich bin schnell.« Rike musterte ihn wie ein Raubvogel.

»Ich auch.«

Rike zog einen Mundwinkel nach oben und auf ihrer Wange erschienen zwei Grübchen. »Na schön. Wer zuerst in Ribberow ist«, sagte sie und trat auch schon in die Pedale, als wäre ein Startschuss gefallen.

Jannek warf die Umhängetasche nach hinten und folgte Rike. Der Start war unfair, aber er würde sie am Ende schon schlagen. Rike sah zwar sportlich aus, aber sie war ein Mädchen. Doch obwohl Jannek im Stehen fuhr, konnte er sie bis zum Ortsausgang von Großkumerow nicht einholen. Das Fahrrad klapperte und sein Körper wurde vom Kopfsteinpflaster durchgerüttelt. Kurz nach dem Ortsausgangsschild hörte das Kopfsteinpflaster auf und die betonierte Landstraße begann. Jannek hatte aufgeholt und war jetzt dicht hinter Rike. Sie fuhr wie ein Rennfahrer tief über den Lenker gebeugt und ihre hellbraunen Locken wehten im Fahrtwind.

In der großen Linkskurve, etwa auf der Hälfte der Strecke, überholte Jannek Rike. Yes!, triumphierte er innerlich. Er lag in Führung und musste weiter wie verrückt treten, um sie zu halten, denn Rike war tatsächlich verdammt schnell. Er spürte die Muskeln in den Oberschenkeln und die Hände taten ihm weh, so sehr klammerte er sich am Lenker fest. Er musste gewinnen. Als er von Weitem das gelbe Ortseingangsschild von Ribberow sah, ging er noch mal aus dem Sattel. Er wagte es nicht, sich umzusehen, denn er ahnte, dass Rike nicht weit abgefallen war.

Als er ungefähr nur noch fünf Meter vom Ort entfernt war, schoss Rike an ihm vorbei. Sie war noch nicht mal aus dem Sattel gegangen. Jannek sah ihr fassungslos nach und fuhr beinahe in den Straßengraben. »Verdammt!«, stieß er aus. Gra-

tulation, du Lusche, lässt dich von einem Mädchen beim Radrennen schlagen, fluchte Jannek in Gedanken.

Kurz vor der Bäckerei Suckrow holte Jannek sie ein. Erst als er
neben Rike anhielt, merkte er, dass sein Pullover am Rücken
klitschnass war. »Trainierst du für die Tour de France oder so
was?« Er versuchte, nicht allzu sehr außer Atem zu klingen.

»Nein. Ich fahre die Strecke nur jeden Tag«, sagte Rike und
strich sich eine Strähne aus der Stirn, auf der kleine Schweiß-
tropfen zu sehen waren. Aber weder keuchte sie wie Jannek
noch war ihr T-Shirt völlig verschwitzt. Sie sah kurz auf die
Uhr. »Dank dir bin ich einen neuen Rekord gefahren.«

Jannek wischte sich mit dem Arm über die Stirn, sodass sein
Pony nach oben stand. »Ich glaub, ich auch.«

Rike lächelte Jannek kurz zu. »Ich muss dann«, sagte sie und
deutete in Richtung Wäldchen. Das kleine rötlich-braune Haus
dicht am Waldrand lag auf dem Kamm des Hügels. Ein schma-
ler Kiesweg, gerade breit genug für ein Auto, führte bis zu einer Art Gerümpelhaufen, der vor dem Haus lag.

Jannek nickte Rike zu. Als sie bereits ein paar Meter entfernt
war, rief er ihr nach: »Wenn du für einen neuen Rekord trai-
nieren willst, sag Bescheid!«

Doch Rike drehte sich nicht um. Es sah aus, als würde sie
nicken, was aber auch am Kopfsteinpflaster liegen konnte.

VIER

»Ha! Ein Doppelter«, rief Till, als sein Dart in dem roten Außenring der 12 auf der Dartscheibe landete.

Heute war nicht Janneks Tag. Erst verlor er gegen Rike beim Radfahren, und jetzt gegen Till beim Dartspiel. Mal ganz davon abgesehen, dass er am Abend zuvor eine Leiche gefunden hatte.

Der Dorfkrug war am Montagabend nur spärlich besucht. An der Bar saßen die üblichen Verdächtigen, tranken ihr Feierabendbier, obwohl sie schon lange für immer Feierabend hatten. Als Till und Jannek vor einer halben Stunde in den Dorfkrug gekommen waren, hatte Jannek sich wie ein geächteter Cowboy beim Betreten des Saloons gefühlt. Alle Augen waren auf sie gerichtet, alle Gespräche verstummten. Till hatte in die Runde gegrüßt und hier und da ein Kopfnicken geerntet. Jannek wurde genauso argwöhnisch wie am Weiher gemustert. Was war nur los in diesem Dorf? War es schon immer so gewesen und Jannek nur nie aufgefallen?

Er warf seinen Pfeil, der nur den Kork neben der Scheibe traf. »Haben sie bei der Untersuchung vom Skelett schon etwas herausgefunden?« Er hatte den ganzen Tag darauf gebrannt, Till diese Frage zu stellen, und hatte jetzt nur gewartet, bis sie in der Dartecke alleine waren.

»Nee, so schnell geht das nicht. Außerdem haben die vom Kriminalkommissariat ...«

In dem Moment bog ein alter Mann mit Schirmmütze um die Ecke und Till verstummte. Der Mann nickte ihm zu und tat

dann so, als würde er sich die alten Bilder an der Wand ansehen. Till blickte zu Jannek und verdrehte die Augen. Dann
wandte er sich an den Alten: »Gustav, das Klo ist dort hinten.«
Der Alte drehte sich um und nickte, blieb aber stehen. Till ver-
schränkte die Arme und sah ihn herausfordernd an. Schließlich gab Gustav auf und trottete zurück zur Bar.

»Was war denn das?«, fragte Jannek.

»Ein alter, neugieriger Mann. Davon gibt's in Ribberow jede
Menge. Also, wo war ich stehen geblieben?«

»Beim Kriminalkommissariat.«

»Genau. Die haben jede Menge andere Sachen zu tun. Eine
verrottete Leiche im Weiher von Ribberow hat für die Herren
in Sandemünde nicht oberste Priorität.« Till warf den Dart und
traf exakt in das schwarze Feld der 14. »Für mich aber schon.«

»Hast du irgendwelche Vermutungen?«

»Wer der Tote war? Keine Ahnung. Aber es kann keiner aus
dem Dorf gewesen sein. In so einem Nest wie Ribberow
verschwindet man nicht einfach unbemerkt, hier kennt doch
jeder jeden.«

Jannek nickte langsam. »Nur das mit dem Ackerpflug ist merkwürdig. Ich meine, sagen wir mal, es waren zwei Durchreisen-
de, die sich gestritten haben, und der eine hat den anderen
daraufhin im Weiher ertränkt – wozu ausgerechnet mit einem
Ackerpflug? Wo hatte er den überhaupt her? Ist so ein Ding
nicht auch schwer?«

»Klar. Wenn du eine Leiche und einen halben Ackerpflug bewegen willst, brauchst du mindestens zwei Leute. Oder jede
Menge Zeit.«

»Und einen halben Ackerpflug hat man normalerweise auch
nicht wie ein Ersatzrad im Kofferraum.« Jannek zielte auf das
Viererfeld und traf achtzehn.

»Ja, und dann wäre auch noch die Frage, wo das Auto dieses

Durchreisenden abgeblieben ist. Und was den Ackerpflug betrifft – das ist genau so einer, wie ihn die Bauern früher hier im Dorf hatten. Vielleicht war auch nur der Tote ein Fremder ...«

»Du meinst, jemand aus dem Dorf ...?«

Till hob abwehrend die Hände. »He, ich hab nichts gesagt. Ich weiß nur, dass es hier einige alte Käuze und durchgeknallte Hausdrachen gibt. Was weiß ich, was die in ihrer Freizeit so alles treiben?«

Jannek schüttelte den Kopf. »Das Skelett sah aus, als würde es auf dem Ackerpflug präsentiert werden.« Das Bild erinnerte Jannek schon die ganze Zeit an etwas. »Wie bei einer Zeremonie oder ... oder einer Opferung.«

»Du meinst irgend so einen Sektenscheiß?«

Endlich landete Janneks Dart im Viererfeld. »Na ja, es hatte etwas Symbolisches, findest du nicht?«

Till zuckte mit den Schultern. »Kann auch Zufall sein. Wenn man so etwas ins Wasser wirft, kann man nicht wissen, wie es auf dem Grund landet. Das Einzige, was wir schon mal ausschließen können, ist Raubmord. Den fetten Siegelring hätte sich der Mörder nicht entgehen lassen.«

»Auch das kann Zufall sein. Wenn es nachts war, hat er ihn vielleicht nicht gesehen. Und wenn der Tote, sagen wir mal, einen Koffer voller Geld dabeihatte, dann war der Siegelring dem Mörder vielleicht auch herzlich egal.«

Till fuhr sich durch die blonden Locken. »Tja, eine Gleichung mit zu vielen Unbekannten. Aber spekulieren kann man ja trotzdem mal. Morgen wissen wir sicher mehr.« Till zielte auf den Bull und verfehlte ihn nur knapp. »Was hast du heute eigentlich den ganzen Tag getrieben? Hat Hanne dich als Hofknecht schön getriezt?«

»Ging so. Ich war nur in Großkumerow in der Apotheke und

nachmittags habe ich ein paar Zaunlatten erneuert. Übrigens habe ich Rike in Großkumerow getroffen.«

»Rike? Echt?« Till warf kurz einen Blick auf Jannek, dann versuchte er abermals den Bull zu treffen, doch der Dart landete in einem der anderen Felder. »War wahrscheinlich beim Schippereit zum Geigenunterricht.«

Jannek schüttelte den Kopf. »Sie hat Schlaftabletten für ihren Vater geholt.« Na, super! Er war kein bisschen besser als der Apotheker.

»Das kann ich mir gut vorstellen, dass der Waldeinstein die Hammerschlaftabletten braucht. Seit der Geschichte mit seiner Frau läuft er rum wie Jack Nicholson in Shining. Der ist voll im Wahn. Ohne Rike wäre er wahrscheinlich total abgedreht.«

»Wann war das mit seiner Frau?«

»Muss ungefähr fünf Jahre her sein. Sie hat sich im Wald erhängt. Er hat sie gefunden und erst am nächsten Tag die Polizei geholt. Ich war damals zur Ausbildung und habe die ganze Sache nur so halb mitbekommen.«

Jannek musste sich kurz schütteln bei der Vorstellung, dass Rikes Vater seine eigene Frau erhängt im Wald gefunden hatte. Wie alt war Rike damals gewesen? Zehn Jahre, vielleicht elf? Alt genug, um alles genau mitzubekommen. »Weiß man, warum sie sich umgebracht hat?«

»Nein. Es gibt Gerüchte, wie das immer so ist. Aber sie hat keinen Abschiedsbrief hinterlassen, wenn du das meinst. Meine Version ist, dass Rike die einzig halbwegs normale Person in der Familie ist.«

Jannek dachte an die Radfahrt von Großkumerow nach Ribberow.

»Was ist? Wieso grinst du wie ein Gartenzwerg, J.J.? Findest du das etwa nicht?«

»Kann schon sein, dass sie im Vergleich zum Rest der Familie normal ist. Ich kenne ihre Familie nicht. Im Vergleich zu den Mädchen aus meiner Klasse ist sie nicht normal.«

»Wie meinst du das? Findest du sie komisch, oder was?«

»Nein, nicht komisch. Nur anders.«

»Ist das gut?« Till musterte Jannek mit gerunzelter Stirn. Jannek nickte.

Till sah aus, als wollte er noch etwas hinzufügen, doch dann gab er Jannek einen leichten Klaps auf die Schulter und deutete auf die Dartscheibe. »Meinst du, das wird heute noch was mit dir, oder sollen wir lieber Schluss machen?«

»Am besten, ich versuche auf dem Hof erst mal die dicke Robinie zu treffen. Aber dann gibt es eine Revanche!«

Als Jannek am nächsten Morgen aufwachte, spürte er Muskelkater in den Beinen. Immerhin hatte er in dieser Nacht halbwegs normal geschlafen. Er machte ein paar Kniebeugen, doch nach der fünften gab er auf.

Von Hanne war weder im Haus noch auf dem Hof etwas zu sehen oder zu hören. Wahrscheinlich war sie irgendwo im Dorf unterwegs. Jannek aß die zwei vom Vortag übrig gebliebenen Brötchen zum Frühstück. Dann zog er sich einen alten grauen Pulli über das T-Shirt und ging auf den Hof.

Das Holz, das er gehackt hatte, war unter einem kleinen Welldach ordentlich aufgestapelt. Die meisten der kleinen Beete, die an den Hof anschlossen, waren bereits kahl. Um den Wasserhahn an der Außenwand hing ein aufgerollter Gartenschlauch wie eine riesengroße afrikanische Schmuckkette. Janneks Blick blieb an der alten Scheune hängen. Früher hatten die Jensens dort die Ernte gelagert. Das war ganz früher, bevor Janneks

Mutter auf der Welt war und die Bauern im Ort sich zur LPG, der Landwirtschaftlichen Produktionsgenossenschaft, zusammenschlossen. *Zwangszusammenschließung* hatte Janneks Opa es anfangs genannt.

Jetzt war die Scheune fast zugewuchert vom hohen, gelblichen Gras. Als Jannek das letzte Mal in der Scheune gewesen war – das musste schon fast sechs Jahre her sein –, war sie voller alter Maschinen, Möbel und Gerümpel gewesen. Damals hatte er mit seinem Opa einen alten Futtertrog in die Scheune getragen, nachdem sie die letzten Schweine verkauft hatten.

Wer weiß, wie es jetzt in der Scheune aussah? Jannek konnte sich nicht vorstellen, dass Hanne in dem Gerümpel aufgeräumt hatte. Obwohl sie sonst immer sehr auf Ordnung achtete, aber die Scheune war Opas Revier gewesen.

Jannek blickte noch einmal zum Haus, aus dem kein Lebenszeichen kam. Dann ging er zur Scheune. Am vorderen Holztor war ein Vorhängeschloss angebracht. Früher war die Scheune nie abgeschlossen gewesen. Jannek ging zum hinteren Tor, doch auch das war verschlossen. Er lief zurück zum vorderen Eingang und rüttelte daran. Eine der langen Holzlatten schlug gegen eine Querlatte. Jannek schob das lose Stück Holz so weit es ging zur Seite. Mit etwas Glück könnte er durch die Lücke passen. Er hielt die Luft an und quetschte sich durch den Spalt in die Scheune.

Drinnen herrschte ein eigenartiges Zwielicht. Durch die Ritzen und Löcher in den Holzlatten fielen zahlreiche Lichtstrahlen in den Raum. Es sah aus wie in einem Thriller, bei dem Diebe in ein Museum einbrechen und Laser den Raum durchfluten, die die Diebe mittels Nebel sichtbar machen und die sofort Alarm auslösen, wenn man sie durchbricht.

Jannek bewegte sich vorsichtig durch die Scheune. Nicht wegen der Lichtstrahlen, in denen Staub, Insekten und Schwebeteilchen wie in Zeitlupe tanzten, sondern wegen des ganzen Plunders, der auf dem Fußboden stand. Er stieß vor alte Blecheimer, die am Boden teilweise schon durchgerostet waren, auf zerfledderte Heukörbe, ein altes Waschbecken, verrostete Heugabeln, Schaufeln und Spaten, einen braunen Lampenschirm mit einem ausgefransten und wahrscheinlich von Mäusen angefressenen Rand, auf einen Sägebock, eine alte Schubkarre und eine Truhe, auf der ein zerlöchertes Sitzkissen lag.

Jannek stellte sich auf die Truhe, um sich einen Überblick zu verschaffen. In der Mitte der Scheune stand ein Traktor. Oder das, was davon noch übrig war. Die Vorderräder waren abmontiert und die Achse lag auf einem Holzbalken. Vom großen runden Lenker zogen sich Spinnweben bis zum Fahrersitz. Neben dem Traktor stand das Gerüst einer Hollywoodschaukel. Die weiße Farbe war abgeblättert und das Sitzgitter begann bereits zu rosten. In einer Ecke waren Dachziegel gestapelt und daneben stand eine alte Siebmaschine. Weiter vorne Richtung Eingangstor lag irgendein unförmiges Gerät unter einer dunklen Schutzplane. Daneben stand eine verstaubte Weihnachtspyramide auf einer Fußbank.

Jannek sprang von der Truhe und atmete laut aus. Das war ganz eindeutig nicht Hannes Revier. Sie hätte hier schon längst Ordnung geschaffen. Es war merkwürdig, dass sie die Scheune offenbar sogar nach dem Tod ihres Mannes nicht betrat. Vielleicht tat sie das aus demselben Grund, aus dem sie im Ehebett noch Platz für ihn ließ.

Vorsichtig bahnte sich Jannek seinen Weg in die Mitte der Scheune und kletterte auf den Traktor. Er wischte die Spinnweben weg, setzte sich und umklammerte das Lenkrad. Sein Opa hatte ihm Traktorfahren beigebracht. Damals reichten Janneks Beine gerade so zu den Pedalen und vom Fahrersitz aus sah er nicht viel mehr als das Lenkrad. Hanne hatte geschimpft, als sie den Wäscheleineständer umgefahren hatten, aber Opa hatte gelacht.

Vom Traktor aus musterte Jannek die Hollywoodschaukel. Vielleicht war sie noch zu retten. Den Rost etwas abbürsten, Korrosionsschutz drüber und neue Farbe, ein paar Sitzauflagen – fertig. Es gab etliche Fotos von seiner Mutter und ihm auf dieser Schaukel. Sie liebte das Teil.

Janneks Blick fiel auf die dunkle Plane. Ein brauner, rostiger dünner Arm ragte daraus hervor. Ganz schwach glaubte sich Jannek zu erinnern, wozu dieser Arm gehörte, er hatte ihn auf jeden Fall schon mal gesehen. Er stieg vom Traktor und zwängte sich an der Hollywoodschaukel vorbei zu dem Gerät unter der Schutzplane. Langsam, um nicht zu viel Staub aufzuwirbeln, hob er die Plane an.

Der rostige Arm war der Handgriff an einem Pflugsterz. Der Pflugkörper mit dem Streichblech, der Pflugschar und der Pflugsohle stand auf dem Fußboden. Die Räder, der Stellbügel und die Zugstange fehlten. Jannek starrte den Pflug eine Weile an, erst dann ließ er die Plane wieder langsam darüberfallen.

Er stand wie gelähmt in der Mitte der Scheune. Unter der Schutzplane lag ein halber Ackerpflug. Es war genau die Hälfte, die bei dem Ackerpflug, auf dem das Skelett gelegen hatte, fehlte. Janneks Gedanken drehten sich im Kreis. Er sah das halbe Ding, er begriff, was er sah, aber er konnte nicht weiterdenken. ›Ackerpflug‹, ging ihm wie im Stakkato in Wiederholungsschleife durch den Kopf.

Auf einmal hörte er ein Geräusch. Jemand war auf dem Hof. Blitzschnell erwachte Jannek aus seiner Erstarrung und bahnte sich den Weg zum Tor. Er spähte durch die Latte, konnte aber niemanden erkennen. Eine Weile wartete er, und als sich nichts tat, zwängte er sich schließlich aus der Scheune nach draußen. Er spürte sofort, dass ihn jemand beobachtete.

Intuitiv blickte Jannek nach links. Nur wenige Meter entfernt von ihm stand Hanne. Sie sah ihn regungslos an und ihre Augen wirkten noch eisiger als sonst. Jannek deutete hinter sich auf die Scheune und wollte etwas sagen, doch er brachte kein Wort heraus. Es kam ihm so vor, als wäre Hanne mit ihrem Schweigen viel lauter als er mit jedem Wort hätte sein können. Sie nahm ihm die Stimme.

Jannek wusste nicht, wie lange sie sich schweigend auf dem Hof gegenübergestanden hatten. Wahrscheinlich nur ein paar Sekunden, doch es kam ihm wie eine Ewigkeit vor. Als wäre der Moment in der Zeit eingefroren.

Auf einmal löste sich Hanne aus ihrer Erstarrung, schüttelte langsam und kaum merklich den Kopf, wobei sie Jannek nicht aus den Augen ließ. Als hätte er etwas Schlimmes getan oder um die Erlaubnis für etwas Unverschämtes gebeten. Dann wandte Hanne den Blick ab, drehte sich um und ging ohne ein Wort zurück ins Haus.

Jannek sah ihr nach, bis sich die Hinterhoftür schloss. Er atmete aus, als hätte er die ganze Zeit über die Luft angehalten. Stockend ging er zu den Kaninchenställen und setzte sich auf den Holzstumpf, der davor im Gras stand. Er riss einen langen Grashalm heraus und ließ ihn über seine Hand gleiten.

Warum stand in der Scheune die Hälfte von einem Ackerpflug?, überlegte Jannek. Warum genau die Hälfte, die beim Ackerpflug im Weiher fehlte? Konnte das Zufall sein? Jannek erinnerte sich dunkel, dass sein Urgroßvater so einen Pflug besessen hatte. Nur, wo war die andere Hälfte abgeblieben? Vielleicht gab es eine ganz einfache Erklärung. Vielleicht hatte Janneks Opa die andere Hälfte verkauft oder verliehen. Oder sie wurde ihm gestohlen. Genau, so könnte es gewesen sein:

Der Mörder hatte die andere Hälfte des Ackerpflugs geklaut, bevor er sein Opfer damit so makaber ertränkt hatte.

Doch was, wenn nicht?

Jannek war sich sicher, dass Hanne vom Ackerpflug in der Scheune wusste. Sonst hätte sie ihn eben nicht so angesehen. Wollte sie deshalb nicht, dass er die Scheune aufräumte? Warum wollte sie den Ackerpflug geheim halten? Hatte sie Angst, fälschlich unter Verdacht zu geraten, oder hatte sie mehr zu verbergen?

Jannek strich sich mit dem Grashalm über den Unterarm und schüttelte unbewusst den Kopf. Hanne war zwar verbittert, verbockt und unwirsch, aber er konnte sich nicht vorstellen, dass sie jemanden umbrachte. Und schon gar nicht, wie sie jemanden an einen Ackerpflug festband und im Weiher versenkte. Wenn, dann hätte sie dazu mindestens einen Helfer gebraucht oder es hätte etliche Stunden gedauert. Allerdings lag der Tote mutmaßlich schon fünf Jahre im Teich. Damals lebte Opa noch.

Mit einem Ruck stand Jannek auf und warf den Grashalm zu Boden. Er wollte nicht darüber nachdenken, ob Hanne, sein Opa, der Ackerpflug und der Tote im Weiher irgendetwas miteinander zu tun hatten. Schon allein der Gedanke war völlig absurd. Heinz Jensen, Janneks Opa, war in der ganzen Gegend beliebt gewesen. Er galt bei allen als verlässlich, immer gut gelaunt und herzlich. Und Hanne? Das Positivste, was man über sie sagte, war, dass sie eine Art moralische Instanz im Dorf war. Das passte nicht zu Mord.

Oder war die perfekte Tarnung.

Nein, es musste eine andere Erklärung geben. Solange nicht mehr über den Toten und den Tathergang bekannt war, konnte Jannek keine Schlüsse ziehen. Das käme einem Verrat seiner eigenen Familie gleich. Auch wenn die nur noch aus seiner Mutter und Hanne bestand – es war alles, was er hatte. Jannek würde warten, bis Einzelheiten bekannt waren. Falls er den halben Ackerpflug in der Scheune dann noch immer für wichtig hielt, konnte er Till oder die Polizei einweihen. Aber bis dahin würde er niemandem davon erzählen. Wahrscheinlich löste sich der Fall sowieso bald auf. Wozu sollte er Hanne Ärger machen?

FÜNF

»Hallo? Ist jemand zu Hause? J.J.?« Die Haustür öffnete sich einen Spalt und Tills blonder Lockenkopf tauchte auf.

»Komm rein«, sagte Jannek, der gerade aus dem Bad kam, und Till folgte ihm in die Küche. »Willst du was trinken? Essen?«

»'ne kalte Cola wäre gut.« Till setzte sich auf den knarzenden weißen Küchenstuhl und knöpfte sich die Polizeiuniformjacke auf.

Janneks Kopf verschwand hinter der Kühlschranktür. »Geht auch Apfelsaft?«

»Ja, gib her das Zeug.« Till trank in hastigen Zügen, dann stellte er das Glas wieder ab und sagte: »Ich dachte, ich schau mal in der Mittagspause vorbei und erzähle dir die Neuigkeiten. Damit du dich nicht langweilst mit Hanne«, fügte er flüsternd hinzu.

Jannek blickte kurz zur Tür. Er hatte Hanne den ganzen Tag nicht mehr gesehen. Entweder war sie gar nicht zu Hause oder hatte sich im Schlafzimmer verkrochen.

»Erzähl, Polizeimeister Hempel, was gibt's?«, sagte Jannek und setzte sich verkehrt herum auf einen Stuhl. Er versuchte, den Fund in der Scheune so weit wie möglich aus seinem Kopf zu verbannen, obwohl es ihn drängte, darüber mit jemandem zu reden.

Till beugte sich nach vorne. »Also, eigentlich ist das ja alles Dienstgeheimnis, aber ich finde, du als Entdecker der Leiche hast ein Recht auf Informationen. Und außerdem steht wahrscheinlich morgen sowieso alles in der Zeitung.« Till richtete sich auf. »Fakt ist: Der Tote lag schon fünf Jahre im Weiher, das heißt, vor fünf Jahren wurde er ermordet. Das ist nicht neu, ich weiß, aber es geht weiter. Fakt ist auch: Der Tote starb nicht durch Ertrinken.« Till hielt inne.

»Sondern?«, fragte Jannek, als ihm die Pause zu lang wurde.

»Sondern durch äußere Gewalteinwirkung«, sagte Till langsam.

»Das heißt, er … wurde erschlagen?« Jannek runzelte die Stirn.

Till schüttelte den Kopf. »Nicht unbedingt. Fakt ist nur, dass seine Schädeldecke zertrümmert war, vermutlich hatte er auch einen Genickbruch. Eine Hand war ebenfalls gebrochen. Deshalb hattest du sie an der Angel.«

»Und was heißt das jetzt?«

»Das kann vielerlei bedeuten. Der Mann kann tatsächlich erschlagen worden sein, er kann sich aber auch zu Tode gestürzt haben oder sich die tödlichen Verletzungen bei einem Unfall zugezogen haben. Sicher ist nur eins: Die Leiche wurde nachträglich mit Seilen an das Pflugteil gebunden und in den Weiher geworfen.«

»Also war der Mann schon tot, als er im Teich versenkt wurde?«

»Sieht ganz danach aus.«

»Und er wird sich nach einem tödlichen Unfall oder Selbstmord wohl kaum selbst an das Pflugteil gebunden und in den Weiher geworfen haben«, sagte Jannek. »Also bleibt nur eins …«

»Mord.« Till nickte.

Plötzlich meinte Jannek, ein Geräusch zu hören. Er lehnte sich auf dem Stuhl zurück und sah auf den Flur. Er war leer.

»Pass auf, jetzt kommt das Beste.« Till kippte den letzten Schluck Apfelsaft hinunter. »Bei der Untersuchung waren sie superschnell. Sie konnten anhand der Knochen eine DNA-Analyse durchführen. Frag mich nicht, wie das genau geht, aber sie haben auf jeden Fall eine DNA-Sequenz gefunden.«

»Aber damit weiß man doch immer noch nicht, wer der Tote war, oder? Es sei denn, man hat einen Verdacht und kann die DNA vergleichen, vielleicht von irgendwelchen Haaren an einer Bürste oder so was.« Jannek mochte Krimis nicht besonders, aber seine Mutter sah sich ab und zu einen im Fernsehen an, und weil sie sich allein fürchtete, schaute Jannek mit. Daher wusste er, dass eine DNA-Spur nicht immer automatisch die Lösung brachte.

»Stimmt. Oder aber der Tote befindet sich bereits in der DNA-Kartei der Polizei.« Till sah Jannek triumphierend an.

»Sag bloß, er ist da drin?«

Till nickte und grinste breit. »Unser Toter heißt beziehungsweise hieß Frank Schelk. Er muss zum Todeszeitpunkt 36 Jahre alt gewesen sein. Er war in der Datei, weil er bei einer Vergewaltigung in Sandemünde mal zu den Verdächtigen gezählt hatte. Aber er war es nicht, zumindest hat man den Täter nie gefunden.«

»Frank Schelk«, wiederholte Jannek leise. »Ich glaube, ich habe den Namen schon mal gehört.«

»Kann gut sein. Schelk kam aus Großkumerow. Aber er ist schon vor über fünfzehn Jahren weggegangen. War wohl immer dem dicken Geschäft hinterher. Mein Vater kannte ihn sicher und weiß mehr. Die waren ja fast gleich alt.« Till knöpfte die Uniformjacke wieder zu und setzte die Polizeimütze auf. »So, ich muss dann wieder.«

Jannek begleitete Till zur Tür. »Meinst du, diese alte Geschichte mit der Vergewaltigung hat etwas mit dem Mord zu tun?«

»Wer weiß. Das wäre immerhin ein Ansatzpunkt. Ist auf jeden Fall nicht leicht, einen Mörder erst fünf Jahre nach der Tat zu finden.« Till trat aus der Tür und drehte sich um. »Noch was anderes. Ich will heute Abend die alte Kommode abbeizen und könnte Hilfe gebrauchen. Kommst du vorbei?«

Jannek zögerte. Wenn er sich schon jahrelang nicht bei Till gemeldet hatte, konnte er ihm wenigstens mit der Kommode helfen. Hatte er etwas Besseres zu tun? »Klar, kein Problem. Im Abbeizen bin ich vielleicht besser als im Dartspielen.«

»Na, das heißt ja nicht viel.« Till grinste, drehte sich um und winkte Jannek noch mal zu, bevor er ins Auto stieg.

Jannek schloss die Haustür und fuhr im nächsten Moment herum, als eine Holzdiele hinter ihm knarrte. Wieder war niemand auf dem Flur zu sehen, aber Jannek sah, dass die Schlafzimmertür langsam von innen geschlossen wurde. Eine Weile stand er ganz still im Flur, doch weder ein Knarren noch ein anderes Geräusch drang aus dem Schlafzimmer.

Hatte Hanne alles mitgehört? Und wenn schon. Es würde sowieso in der Zeitung stehen, hatte Till gesagt. Sie war eben doch nur eine neugierige alte Frau in einem Dorf, in dem sonst nie etwas passierte.

In dem Moment klingelte das Telefon. Jannek wartete einen Augenblick, aber Hanne kam nicht aus dem Schlafzimmer. Er nahm ab und hörte die Stimme seiner Mutter.

»Ich habe gerade Mittagspause und musste an euch denken. Wie geht's denn so?«

»Prima. Ich backe mit Oma Hanne Kuchen, wir singen zusammen, fahren Schubkarrenrennen und albern herum.«

»Jannek?«

»Nein, es ist wie immer. Hanne macht ihr Ding, ich mach meins, und wenn es sich nicht vermeiden lässt, reden wir miteinander. Du muss dir also keine Sorgen machen, alles ist bestens.« Jannek sprach mit dem Rücken zum Schlafzimmer, es war ihm egal, wenn Hanne ihn hörte.

Seine Mutter seufzte. »Kannst du es denn nicht wenigstens mal versuchen?«

Ich?, dachte Jannek. Wie wäre es, wenn Hanne es mal versuchen würde? Doch er sagte: »So schlimm ist es gar nicht. Wir haben sogar zusammen gefrühstückt.«

»Das ist allerdings ein Fortschritt«, meinte Janneks Mutter, doch sie klang spöttisch. »Und, was machst du, wenn du nicht gerade mit Hanne plauderst?«

»Ich angle Tote aus dem Weiher.«

»Wie bitte?«

Jannek erzählte seiner Mutter, was in den letzten Tagen geschehen war. »Und eben war Till bei mir. Sie wissen jetzt, wer der Tote ist. Er heißt Frank Schelk.«

In der Leitung blieb es still.

»Mama? Bist du noch da?«

»Entschuldige, was hast du gesagt?« Die Stimme von Janneks Mutter klang belegt.

»Der Tote, der im Weiher lag. Er hieß Frank Schelk. Kam wohl aus Großkumerow. Kanntest du ihn?«

Jannek hörte, wie seine Mutter schwer atmete. Sie antwortete erst nach ein paar Sekunden. »Ja, ich kannte ihn.«

Jannek überlegte. Wenn Schelk bei seinem Tod 36 Jahre alt gewesen war, dann war er nur ein paar Jahr älter gewesen als seine Mutter. »Wart ihr zusammen auf einer Schule?«

»Auf einer Schule? Wer? Frank und ich?«

»Ja, das habe ich doch eben gefragt.«

»Damals gab es ja nur die eine Schule in Großkumerow.«

»Also warst du mit ihm auf einer Schule. Kanntest du ihn irgendwie näher?«

Jannek hörte, dass seine Mutter den Hörer kurz weglegte und sich schnäuzte. »Und er lag fünf Jahre im Weiher, sagst du?«

»Ja. Er war an einen Ackerpflug gebunden.«

»Oh Gott.«

Jannek wartete, doch es blieb still in der Leitung. »Mama?«

»Sag mal, weiß Hanne davon?«

»Dass Schelk der Tote ist?« Jannek wandte den Kopf kurz zur Schlafzimmertür. »Glaub schon. Wieso?«

»Hat sie … hat sie irgendetwas gesagt?«

Jannek zögerte. »Was soll sie denn gesagt haben?«

»Ach, nichts, vergiss es einfach.« Die Stimme zitterte. »Ist alles okay, Mama?«

»Ja, ich bin nur … na ja, du weißt doch, wie mich solche Geschichten immer mitnehmen.«

Jannek spürte, dass seine Mutter versuchte zu lächeln.

»Ich mach lieber Schluss. Du rührst dich, wenn … irgendetwas passiert, ja?«

»Mach ich«, erwiderte Jannek und seine Mutter legte auf. Was sollte denn noch passieren?

Am Nachmittag ging Jannek wieder zum Weiher. Er war noch immer abgesperrt, doch da die Polizei sowohl das Skelett als auch den Teil des Ackerpflugs mitgenommen hatte, gab es nicht mehr viel zu sehen. Jannek war enttäuscht. Er hatte erwartet, dass der Ackerpflug noch dort war und er erkennen konnte, ob diese Hälfte tatsächlich zu der in der Scheune gehörte. Genau genommen hatte er gehofft, dass er erkennen konnte, dass die Hälfte im Teich und die in der Scheune *nicht* zusammengehörten.

Als er wieder nach Hause kam, arbeitete Hanne auf dem Hof. Er fragte, ob er helfen könne, was sie kopfschüttelnd verneinte. Jannek nahm sein Buch und setzte sich damit auf die Bank vor dem Haus, bis die Sonne zu tief stand und es ihm zu kalt wurde. Er warf einen letzten Blick auf das rötlich-braune Haus am Waldrand, vor dem sich nur einmal kurz ein Mann mit einem Bart gezeigt hatte, der etwas auf den Gerümpelhaufen geworfen hatte. Rike hatte Jannek nicht gesehen.

Als er in die Küche kam, machte Hanne gerade Abendbrot. Jannek setzte sich dazu und schmierte sich ein Brot. »Ich geh gleich noch mal zu Hempels.«

Hanne blickte auf. »Warum?«

»Ich helfe Till beim Abbeizen irgendeiner alten Kommode.«

»Ist gut. Ich werde sowieso früh ins Bett gehen.«

Jannek verkniff sich die Frage, was sie den halben Tag im Schlafzimmer gemacht hatte. Er stand auf, um sich einen Saft aus dem Kühlschrank zu holen. »Ich könnte morgen mal was einkaufen«, sagte er beim Blick in den Kühlschrank.

Hanne zuckte mit den Schultern. »Ich habe alles. Aber wenn dir was fehlt, bitte, nur zu. Hast du Geld?«

Jannek nickte. Er hatte sich mit dem Austragen von Stadtteilzeitungen etwas Geld verdient und außerdem hatte er das Feriengeld von seiner Mutter. »Übrigens hat Mama angerufen. Ich soll dich grüßen«, log Jannek.

Hanne nickte. »Hast du ihr …«, begann sie zu fragen, dann hielt sie plötzlich inne, schüttelte den Kopf und stand auf. »Ich geh noch mal kurz zu den Hühnern.«

Einen Augenblick später war sie aus der Küche verschwunden. Jannek blickte auf den leeren Platz, den Hanne hinterlassen hatte. Sie war schon immer seltsam gewesen, aber seit Opas Tod kam sie ihm noch verschrobener vor. Opa war das Verbindungsstück zwischen ihnen gewesen. Opa konnte mit Hanne reden. Jannek nicht. Trotzdem war Hanne neben seiner Mutter die einzige Familie, die ihm blieb. Er musste sie nehmen, wie sie war.

Jannek räumte die paar Essensreste in den Kühlschrank und machte den Abwasch. Dann zog er sich seinen dunkelblauen

Kapuzenpullover über, verabschiedete sich von Hanne im Hof und ging zu den Hempels.

Schon von Weitem sah er, dass die Garagentür aufstand und Licht brannte. Er ging hinein und begrüßte Till, der vor einer Kommode kniete und mit einem Schabemesser über das grün gestrichene Holz kratzte. »Da hast du ja einiges zu tun«, sagte Jannek mit Blick auf die alte grüne Farbschicht.

»Wieso ich? Wir!«, sagte Till und reichte Jannek ein weiteres Schabemesser.

Während Till ein Kommodenschubfach bearbeitete, kniete sich Jannek vor eine der Seitenwände und setzte das Schabemesser an. Nach einer Minute wurde ihm warm und er zog den Pullover aus. »Geht das nicht einfacher mit irgendeinem Lösemittel oder einem Heißluftfön?«

»Schon«, brummte Till. »Aber das ist Gift für meine Lungen. Hatte doch mal 'ne schwere Bronchitis. Was meinst du denn, warum ich nicht mehr rauche?«

»Wann war denn das?«

»Das mit dem Rauchen? Na, würde mal sagen, so mit zehn habe ich angefangen und aufgehört dann mit achtzehn. Damals hatte ich die Bronchitis, also so ziemlich genau vor drei Jahren, falls du das wissen wolltest.«

»Davon hat mit gar keiner etwas erzählt.« Jannek fiel ein, dass er sich nie nach Till erkundigt hatte.

»Ach, war ja keine große Sache. Ein bisschen Husten eben.«

»Immerhin so ein Husten, dass du deine Raucherkarriere frühzeitig beendet hast«, warf Jannek ein.

»Zum Glück!«, kam auf einmal die tiefe Stimme von Herrn Hempel aus dem hinteren Teil der Garage. Er hatte vor dem Beiwagen eines alten Motorradgespanns gekniet, stand jetzt auf, nickte Jannek zu und warf sich ein Tuch mit Ölflecken über die Schulter. Dann blickte er wieder zu Till. »Reicht schon,

dass Opa Erwin seine Lungen zugeteert hat wie eine vierspu-
rige Autobahn.«

Till grinste Jannek zu und verdrehte die Augen. »Gibt schlim-
mere Arten zu sterben. Zum Beispiel an einen Ackerpflug im
Weiher gefesselt. Und stell dir nur mal vor, dieser Schelk hätte sich kurz vorher mühsam das Rauchen abgewöhnt. Dann
war alles umsonst!«

Tills Vater schüttelte den Kopf. »Du hast so viel Dünngrütze
im Kopf – von mir hast du das nicht. Allerdings war Schelk tatsächlich Raucher.«

»Kann man das an der DNA erkennen?«, fragte Jannek.

»Nein, ich kannte Schelk.« Herr Hempel hielt einen Moment
inne. »Woher hast du das mit Schelk und der DNA?«

Jannek warf Till kurz einen Blick zu. »Weiß nicht, das habe ich
irgendwo im Dorf aufgeschnappt. Hat sich wohl schon herum-
gesprochen.«

»Ja, erzählt man es einem Baum in Ribberow, weiß es binnen
einer Stunde das ganze Dorf«, murmelte Herr Hempel vor
sich hin.

»Du kanntest Frank Schelk also?«, hakte Jannek nach, dem
zum Glück noch rechtzeitig einfiel, dass er Tills Vater duzen
sollte.

»Klar. Er war ja nur ein Jahr jünger als ich und kam drüben
aus Großkumerow. Bekannt war er allerdings in der ganzen Gegend.« Herr Hempel hielt inne und starrte einen Moment vor
sich hin. »Aber nicht beliebt«, fügte er dann langsam hinzu.

»Weil er allen Frauen nachstieg, richtig? Das hat zumindest der
alte Erpel erzählt«, sagte Till, der weiter mit dem Schabemesser über die Kommode kratzte.

»Ja, das war sicher ein Grund. Bei ihm galt wirklich der Spruch
›Was bei drei nicht auf den Bäumen ist …‹, egal wie alt die
Frauen oder ob sie verheiratet waren, nur halbwegs hübsch

mussten sie natürlich sein.« Herr Hempel polierte den Beiwagen, aber er sah nicht richtig hin.

»Dann kommt es ja nicht von ungefähr, dass er damals wegen der Vergewaltigung verdächtigt wurde«, meinte Till.

»Und was waren die anderen Gründe?«, fragte Jannek. Als Herr Hempel ihn fragend ansah, fügte er hinzu: »Du sagtest doch, das mit den Frauen war nur ein Grund, warum er unbeliebt war.«

»Na ja, er war ein richtiger Schmarotzer. Überall zog er nur seinen Vorteil raus. Er hatte einen Haufen krumme Geschäfte laufen, vor allem damals, als die LPG aufgelöst wurde. Dabei hatte er das gar nicht nötig. Zumindest hatte die Familie immer Geld, aber wahrscheinlich hat er das alles verprasst.«

»Und was hat er hier gemacht? Ich meine, hat er in der Gegend gearbeitet?«, fragte Jannek.

»Gearbeitet?« Herr Hempel schnaufte. »Richtig gearbeitet hat der nie. Nachdem er hier alles abgegrast hatte, ist er ziemlich schnell aus der Gegend verschwunden. Das muss so ungefähr vor 16, 17 Jahren gewesen sein. Es gab Gerüchte, dass er seine krummen Geschäfte dann im großen Stil in der Hauptstadt drehte.«

»Aber er hat sich schon noch ab und zu hier blicken lassen, oder?«, fragte Till.

Herr Hempel schüttelte langsam den Kopf. »Soweit ich mich erinnern kann: Nein. Das ist ja das Merkwürdige. Sagen wir mal so: Dass jemand wie Schelk irgendwann mal eins auf den Deckel bekommt, wundert mich nicht. Aber dass er nach all den Jahren als großer Maxe in der Hauptstadt dann tot im Teich seiner Kindheit landet, das kommt mir wie ein makaberer Scherz vor.«

»Ein makaberer Scherz von wem?«, fragte Jannek, mehr sich selbst als die anderen.

»Höchstwahrscheinlich von seinen feinen Geschäftsfreunden«, vermutete Herr Hempel.

»Und die hatten einen Ackerpflug im Kofferraum ihrer Limousine?« Till grunzte.

»Den haben sie natürlich irgendwo in der Nähe gefunden. Vielleicht auf dem Gerümpelhaufen vom Waldeinstein, da liegt sicher so etwas rum.« Tills Vater ging zum Garagenausgang. »Wenn ihr mich fragt, ist der Fall ziemlich klar. Schelk schuldete einem Geschäftspartner Geld oder hatte ihn betrogen oder sitzen gelassen – und dieser Geschäftspartner wollte sich das nicht länger mit ansehen.«

Till wischte sich den Schweiß von der Stirn, wobei ein paar grüne Farbsplitter an seiner Nase hängen blieben. »Und da es sich auf dem Dorf gemütlicher morden lässt und eine Leiche im Weiher von Ribberow womöglich nicht so schnell entdeckt wird wie eine im Wannsee, hat der Geschäftspartner sein Geschäft sozusagen hier erledigt.«

Tills Vater zuckte mit den Schultern. »Er hatte einfach einen makaberen Sinn für Humor. Vielleicht wollte er Schelk damit sagen, dass er in sein Dorf und nicht nach Berlin gehört.«

»Kann es nicht auch ganz anders gewesen sein und Schelk hat hier jemanden besucht?«, fragte Jannek.

Herr Hempel, der bereits gehen wollte, drehte sich noch mal um. Seine kleinen Augen funkelten im Garagenlicht. »Schelk hatte hier keine Freunde. Glaubt mir, Gelegenheit macht keinen Mörder, sondern ein Motiv«, sagte er, dann drehte er sich wieder um und winkte. »Ich mach Schluss für heute.« Kurz darauf war er im Haus verschwunden.

Die beiden Jungs arbeiteten noch bis Mitternacht an der Kommode, dann verabschiedete sich Jannek.

Am nächsten Morgen machte sich Jannek gleich nach dem Frühstück auf den Weg zum Dorfkonsum. Hanne meinte zwar, sie brauchte nichts, aber Jannek hatte keine Lust, den Rest der Woche von Brot und Butter zu leben.

Der Konsum lag direkt neben dem Festplatz des Dorfes. Till hatte Jannek erzählt, dass hier am Wochenende ein kleines Dorffest stattfinden sollte. Bis jetzt waren noch keine Vorbereitungen zu sehen. Jannek betrat den Konsum, der aus zwei schmalen Gängen bestand, die links und rechts von Regalen gesäumt waren. Die Verkäuferin, die hinter der Kasse saß und an den Fingernägeln pulte, blickte nicht auf. Jannek nahm sich einen Korb und verschwand in einem der Gänge. Bis auf ihn war nur ein alter Mann im Laden, der eine Mehlpackung dicht vor seine Augen hielt.

»Brauchen Sie Hilfe?«, fragte Jannek und deutete auf das Mehl.

»Geht schon, geht schon. Ich will nur Zucker kaufen.« Der Mann lächelte und dabei kamen mehrere Zahnlücken zum Vorschein.

Jannek nahm eine Zuckerpackung aus dem Regal. »Hier, das ist Zucker. Sie haben Mehl erwischt.«

Der Mann sah erstaunt auf das Mehl in seiner Hand und nahm schließlich den Zucker. Er nickte Jannek zu und studierte ungläubig die Packung.

Jannek füllte seinen Einkaufskorb mit Nudeln, Bockwürsten, Schinken, Sahne und anderen Lebensmitteln. Dann legte er noch ein paar Chips und eine Cola in den Korb und ging zur Kasse.

Neben der Kasse stand ein Zeitungsständer. Außer ein paar Boulevardblättern und Rätselheften fand Jannek als Tageszeitung nur den Sandemünder Generalanzeiger. Er legte die Zeitung zu den anderen Einkäufen auf das Rollband und bezahlte, nachdem die Verkäuferin stumm auf die Summe auf dem Kassendisplay gezeigt hatte. Vielleicht konnte sie nicht reden, überlegte Jannek.

Er nahm das Wechselgeld entgegen, steckte es in die Hosentasche und verließ den Konsum mit einem lauten »Auf Wiedersehen«, dem gefüllten Einkaufsbeutel in der Hand und der Zeitung unter dem Arm.

Die Morgensonne schien direkt auf den Festplatz. Jannek blinzelte ins Licht. Er hatte noch keine Lust, wieder in das dunkle Haus zu Hanne zurückzugehen. Vor dem Konsum stand eine Bank. Jannek setzte sich, stellte die Einkaufstasche ab und schlug den Sandemünder Generalanzeiger auf. Er überflog die Überschriften, bis er zum Lokalteil kam. Unter einem Artikel über den dicksten Baum des Landkreises war ein altes Bild vom Ribberower Weiher. Das Bild musste im Frühjahr aufgenommen worden sein, der Weiher war voll Wasser und am Rand blühten Narzissen. Die Überschrift des Artikels daneben lautete: *Grausamer Fund im Weiher.*

Jannek las:

Am Wochenende machten Jugendliche beim Angeln am Ribberower Weiher einen grausamen Fund. In dem während des heißen Sommers beinahe ausgetrockneten Gewässer kam ein Skelett zum Vorschein. Laut Aussage von Polizeihauptkommissar Rädke handelt es sich dabei um die Überreste des gebürtigen Großkumerowers Frank Schelk. Rädke zufolge hat der Tote bereits fünf Jahre im Weiher gelegen. Die Polizei geht von Mord aus. Schelk war an Teile eines Ackerpflugs gefesselt und wies Zeichen von äußerer Gewalteinwirkung auf, die als Todesursache vermutet werden. Rädke sprach in dieser Hinsicht von eindeutigen forensischen Befunden.

Der zum Todeszeitpunkt 36jährige Schelk hatte seinen Wohn-

sitz vor 17 Jahren nach Berlin verlegt. Zeugenaussagen, wonach er seitdem nicht mehr im Landkreis gesehen wurde, sind widersprüchlich. Laut Aussage eines Berliner Geschäftspartners hatte der einzige Sohn des verwitweten ehemaligen Landgasthofbesitzers in Großkumerow vor fünf Jahren eine Ausreise nach China beabsichtigt, wo er sich neue Geschäftskontakte aufgebaut hatte. Die geplante Ausreise und die Tatsache, dass Schelk keine lebenden Familienangehörigen mehr hatte, erklären für Rädke, warum Schelk bisher noch nicht als vermisst gemeldet wurde. Vermutungen über den Tathergang und verdächtige Personen wollte Rädke noch nicht nennen. Er verriet nur so viel, dass sie einer Spur in der Berliner Geschäftswelt folgen, in der Schelk verkehrte.

Für Meldungen aus der Bevölkerung, wer Schelk vor seinem Tod vor fünf Jahren im Dorf oder Landkreis gesehen hat, ist die Polizei dankbar. Des Weiteren ist noch unklar, wo sich der Pflugkörper des Ackerpflugs befindet. Hinweise bitte direkt an die Polizeistation in Sandemünde.

Unter dem Artikel war ein etwa streichholzschachtelgroßes Foto von Frank Schelk. Er hatte blonde Locken, genau wie Till, nur dass sie bei Schelk an der Stirn bereits etwas zurückgingen. Sein Kinn war eckig, aber die Wangen weich und die Nase gerade, allerdings für einen Mann eher klein. Er hatte eine volle Unter- und eine schmale Oberlippe, wodurch der Mund irgendwie schief wirkte. Das Auffälligste waren die Augen: groß, dunkel und bittend, kindlich und schalkhaft. Eigentlich war Schelk nicht schön, fand Jannek. Wenn er ein Frauenheld gewesen war, dann wohl wegen seiner Augen. Oder es war die Mischung. Jannek fiel es schwer, so etwas einzuschätzen. Er verstand auch nicht, warum seine Mutter einen zerknitterten grauhaarigen Kommissar im Fernsehen anziehend fand.

Die Tür des Konsums ging quietschend auf und zwei Frauen um die 50 und der alte zahnlose Mann traten heraus. Die Frauen schnatterten wie aufgescheuchtes Federvieh und der Mann brummte ab und zu.

»An einen Ackerpflug gefesselt! Das muss man sich mal vorstellen!«, rief die eine Frau mit einer Stimme wie eine Opernsängerin.

»Ich kannte ihn noch, als er mit Windeln durchs Dorf eierte«, brummte der alte Mann.

»Also ich sage, so etwas macht nur ein Verrückter. Das ist doch keine normale Art, jemanden umzubringen«, sagte die andere Frau. Ihre Stimme klang, als würde sie am Tag vier Schachteln Zigaretten rauchen.

»Ganz deiner Meinung. Und wir wissen ja alle, wer hier ein bisschen verrückt ist«, erwiderte die Opernsängerin.

»Ein hübscher Kerl war er, blonde Locken und große braune Augen«, meldete sich der alte Mann zurück.

»Würde mich nicht wundern, wenn sie bei dem Gerümpelhaufen vor seinem Haus die andere Hälfte vom Ackerpflug finden«, verkündete die verrauchte Stimme.

»Ach was!«, jaulte die Opernsängerin auf. »Der hat die Beweise sicher schon längst beiseite geschafft. Er ist zwar verrückt, aber ein gerissener Hund ist er trotzdem. Genau wie bei seiner Frau damals. Da weiß doch bis heute keiner, ob es wirklich Selbstmord war.«

»Und freundlich war er immer, besonders zu den Mädchen«, kam es vom zahnlosen Alten.

»Sag mal, war das nicht auch genau vor fünf Jahren?«, fragte die Raucherstimme.

»Na klar, das ist es ja eben. Seit fünf Jahren traut er sich nicht mehr aus seiner Waldhütte und lässt sich im Dorf nicht blicken. Warum wohl?«

»Weil er Angst hat, sich zu verraten!«, meinte die Frau mit der Opernstimme.

»Oder weil ihn das schlechte Gewissen überkommt, wenn er am Teich vorbeigeht«, erwiderte die Raucherin, dann flüsterte sie: »Also, wenn ich Kriminalkommissarin wäre, würde ich mir mal folgende Theorie durch den Kopf gehen lassen: Der Waldeinstein hat damals den Schelk und seine Frau zusammen beim trauten Stelldichein erwischt, und dann …«

»Er hat immer höflich gegrüßt und als er mal mit dem Fahrrad gestürzt ist, habe ich ihm ein Pflaster aufs Knie gemacht. Er hat nicht geweint. Ein tapferer Kerl war er«, erzählte der Alte.

»Gut möglich, bei einem Dorfcasanova wie Schelk.« Die Frau mit der Opernstimme lachte kurz auf.

»Aber bei seiner Frau hat er es wie Selbstmord aussehen lassen. Schon allein wegen der Tochter.« Die verrauchte Stimme hustete.

»Ach Gott, die arme Kleine! An die habe ich noch gar nicht gedacht«, säuselte die Opernsängerin.

Die Raucherin atmete laut durch die Nase aus. »Arme Kleine? Das ist eine ganz schöne Göre. Hält sich für was Besseres, weil sie nicht aus der Gegend ist. Hat mir meine Nadine erzählt.«

»Tja, und nun ist er vor mir gegangen. Wer hätte das gedacht, was?«, fragte der alte Mann.

»Komm, Opa, wir gehen nach Hause«, sagte die Frau mit der Opernstimme.

Jannek sah aus den Augenwinkeln, wie sie sich bei dem alten Mann einhakte und ihn mit sich zog. »Mach's gut, Marlies.« Die Frau mit der Raucherstimme steckte sich eine Zigarette an und winkte den beiden kurz zu. Dann warf sie einen kurzen Blick auf Jannek und ging in die andere Richtung davon.

SECHS

Sie stand auf der anderen Straßenseite und versuchte einen schweren Beutel an den Fahrradlenker zu hängen. Da der Korb auf dem Gepäckträger auch voll beladen war, drohte das Fahrrad zur Seite zu rutschen.

»Warte, ich helfe dir«, rief Jannek und rannte über die Straße. Rike drehte sich um. »Hallo, Trainingspartner.«

»Hast du den Dorfkonsum ausgeräumt?«, fragte Jannek, deutete auf Rikes großen Rucksack und den Beutel, den er ihr abnahm. Er hatte gehofft, Rike wiederzusehen. Vielleicht war er auch deshalb nach dem Mittagessen noch mal ins Dorf gegangen.

»Das da«, sagte Rike und wandte den Kopf kurz zum Gepäckträger, »sind alles Pflanzen. Wenn es draußen braun und grau wird, will ich es wenigstens drinnen grün haben. Mein Vater hat einen kleinen Anbau mit großen Glasfenstern gezimmert. Da will ich einen Wintergarten anlegen.«

Jannek erinnerte sich, dass sie bei ihrem ersten Treffen auch den Korb voller Pflanzen gehabt hatte. »Und mit Bier wachsen die Pflanzen besonders gut«, sagte er, nachdem er einen Blick in den Beutel geworfen hatte.

»Das ist für meinen Vater.« Rike schob ihr Fahrrad weiter.

»Warte, lass mich schieben.« Zu Janneks Überraschung hielt Rike ihm tatsächlich sofort den Radlenker hin.

Sie gingen schweigend nebeneinander die Hauptstraße entlang und erst als sie auf den schmalen Kiesweg bogen, der zum Haus der Steinmanns führte, begann Rike zu reden.

»Bist du so richtig dick mit dem Hilfssheriff befreundet?«

»Mit Till? Na ja, ich kenne ihn, seit ich denken kann. Wir haben als Kinder fast jeden Tag miteinander gespielt. Wir sind überall zusammen aufgetaucht. Max und Moritz hat uns mein Opa immer genannt.« Jannek hielt einen Moment inne. »Aber in den letzten Jahren haben wir uns kaum gesehen. Vielleicht auch meine Schuld, ich habe mich nicht groß darum bemüht. Ich weiß nicht, irgendwas hat sich verändert, seit wir nach Pinzlau gezogen sind.« Jannek wusste nicht, ob das gut oder schlecht war.

»Was ist mit deinen Eltern? Sind die beide aus Ribberow?«

»Meine Mutter ja.« Jannek zögerte. Er hatte noch nie mit jemandem über seinen Vater geredet. Was gab es da auch schon groß zu reden? »Meinen Vater habe ich nie kennengelernt. Meine Mutter hat mir nicht viel von ihm erzählt. Ich war wohl nicht gerade geplant.«

»Hat dich denn nicht interessiert, wie er so ist?«

Und ob es Jannek interessiert hatte. Beinahe wäre er mit sechs Jahren selbst auf die Suche nach ihm gegangen. Es war, als ob ein Teil von ihm fehlte. Jemand, der ihn verstand, von dem er etwas in sich trug, der genauso für ihn da war wie seine Mutter. Irgendwann hatte er zwar eingesehen, dass sein Vater nicht für ihn da sein wollte, aber das Gefühl, einbeinig durchs Leben zu gehen, war geblieben. Er hatte es nicht vergessen, nur gelernt, damit zu leben.

Jannek antwortete schließlich: »Eine Zeit lang schon. Ich habe meiner Mutter Löcher in den Bauch gefragt. Ich weiß nur so viel: Sie war damals in Sandemünde auf dem Gymnasium. Für ihn muss es wohl eine Art One-Night-Stand auf der Durchreise gewesen sein.«

»Nicht sehr romantisch«, meinte Rike.

Jannek zuckte mit den Schultern. »Dafür komme ich gut mit

meiner Mutter klar. Und als Kind hatte ich ja auch noch Opa und Hanne.« Er hatte sich damals eine Weile einzureden versucht, dass eine Oma und ein Opa mindestens genauso gut waren wie ein Papa.

Rike lächelte. »Dein Opa war nett. Er war einer der wenigen, mit denen wir uns im Dorf verstanden haben.«

»Als er noch da war, bin ich auch lieber nach Ribberow gekommen. Mit Hanne ist es schon … na ja, irgendwie schwierig.«

Rike zog die Augenbrauen zusammen und auf ihrer Stirn erschien wieder die lange Falte. »Ja, sie ist ein bisschen eigen.«

Jannek schnaufte. »Kann man wohl sagen.«

Sie waren bei dem Gerümpelhaufen angekommen und Jannek schob das Fahrrad daran vorbei zum Hauseingang. Dabei musterte er den Haufen. Er erkannte einen alten Betonmischer, einen Fahrradrahmen, ein Drahtgestell von einem Bett, eine Waschtrommel, eine verrostete Gießkanne, einen Drahtkorb und eine alte Sense. Ein Ackerpflug war nicht darunter, aber er hätte gut ins Bild gepasst.

»Was macht dein Vater mit dem ganzen Schrott?«, fragte Jannek, während er die Einkäufe und die Pflanzen ins Haus trug und Rike in die Küche folgte.

»Frag ihn selbst«, sagte sie und deutete auf eine Holztür, an der an ein paar Haken Jacken und Schals hingen und die sich gerade öffnete. Die Tür führte offenbar von der Küche direkt in den Garten hinter dem Haus.

Ein Mann in einer schwarzen, löchrigen Jeans und einem grauen, fleckigen Pullover betrat die Küche. Er hatte einen dichten braunen Vollbart und nach allen Seiten abstehende graubraune Haare. Zwischen seinen starken Brauen und den hohen Wangenknochen wirkten die Augen wie tief im Gebirge versunkene Seen. Er streifte Rike am Arm, als sie an ihm vorbeiging, und sie lächelte ihm kurz zu. Dann wandte er sich an

Jannek. »Wer bist du denn, dass meine Tochter dich mit nach Hause nimmt?«

»Hallo. Ich bin Jannek. Jannek Jensen. Ich habe Rike nur mit den Einkäufen geholfen«, fügte Jannek sicherheitshalber hinzu.

Der Mann war mit zwei großen Schritten bei Jannek und hielt ihm die Hand hin. »Ich bin Robert.«

Jannek schüttelte die Hand. Sie war groß und rau, und Rikes Vater drückte so fest zu, dass Jannek die Zähne zusammenbeißen musste, um nicht zu schreien.

Robert musterte ihn dabei wie ein Raubtier, ließ schließlich los und lächelte. »Also, setz dich. Was wolltest du mich fragen?«

Rike stellte Jannek und ihrem Vater ein Glas Wasser hin und packte dann weiter die Einkäufe aus.

»Der Schrott da draußen. Was machen Sie damit?«, fragte Jannek.

»Habe ich nicht eben gesagt, ich heiße Robert?«

Jannek nickte.

»Dann siez mich nicht!« Rikes Vater trank das Wasserglas in drei großen Zügen leer und wischte sich mit der Hand über den Mund. »Dem Schrott hauche ich Leben ein und verwandle ihn in neue Wesen. Ein bisschen wie Reinkarnation.«

Jannek suchte nach einem Schmunzeln in Roberts Augen, aber sie sahen ihn nur ernst an. »Das heißt, du reparierst?«

»Reparieren! Nein, ich erschaffe. Komm mit, ich zeig's dir.«

Jannek folgte Rikes Vater durch die Holztür in den Garten hinterm Haus.

»Das meine ich mit Reinkarnation«, sagte er und deutete auf eine kleine Wiese vor dem Wald. Darauf standen verschiedenen Figuren oder Wesen. Sie waren aus Metall- und Holzresten zusammengebaut. Einige ähnelten Menschen oder Tieren, andere sahen aus wie aus einer fremden Welt. Manchmal erkannte man noch die Schrottreste. Zum Beispiel hatte eine Art Stachelschwein als Augen zwei Gießkannentüllen und ein gespenstiger Fisch, dessen Körper aus einer alten Badewanne aus Eisenblech geformt war, als Flosse ein altes Sägeblatt.

Janneks Blick wurde von einem eindeutig weiblichen Wesen am Rand der Wiese angezogen. Er wusste zwar nicht genau, was eine Nymphe war, aber ungefähr so stellte er sie sich vor. Der Körper war vollkommen aus einem filigranen Drahtgitter geformt. Die Nymphe sah aus, als würde sie sich im Wind wiegen und als wollten ihre Arme den Himmel berühren. Um ihren Körper wand sich eine Pflanzenranke wie eine Schlange. Die Nymphe blickte zur anderen Hügelseite. Sie hatte Ribberow den Rücken zugewandt.

»Gefällt sie dir?« Robert stand dicht neben Jannek und musterte ihn.

Jannek nickte. »Sie sieht aus wie eine Nymphe.«

»So?« Robert lächelte kurz und betrachtete die Figur. »Ja, vielleicht ein bisschen. Jeder sieht in den Figuren etwas anderes.«

»Und manche sehen auch gar nichts«, kam auf einmal Rikes Stimme von hinten.

Robert fuhr sich hastig durch die graubraunen Haare. »Ach, hör doch mit dem Fatzke auf!«

»Vor ein paar Wochen war ein potentieller Käufer hier. Angeblich Kunstverständiger«, erklärte Rike an Jannek gewandt. »Er wollte uns zehn Euro pro Stück geben.«

»Für zehn Euro kriegt er einen Tritt in seinen Sesselhintern«, knurrte Robert und trat vor einen Grashügel.

»Habt ihr es mal im Internet versucht?«

Robert sah Jannek fragend an.

»Ihr macht einfach ein paar Fotos von den Kunstwerken und bietet sie im Netz zum Kauf an.«

»Verstehst du, was er redet?«, fragte Robert seine Tochter.

Rike nickte. »Wir haben hier kein Internet und so eine Kamera müsste ich auch erst kaufen.«

»Wenn ich das nächste Mal nach Ribberow komme, bringe ich die von meiner Mutter mit. Und in Sandemünde gibt es am Bahnhof ein Internetcafé.«

»Macht ihr das aus, ich arbeite weiter«, sagte Robert und setzte sich auf einen Holzklotz, vor dem eine Eisenstange lag. »Internet, Internet. Als ob es in der Welt so nicht genug Spannendes gäbe«, murmelte er dabei.

Jannek folgte Rike ins Haus. »Wie lange macht das dein Vater schon?«

»Die Skulpturen? Ungefähr ein Jahr nach dem Tod meiner Mutter hat er angefangen, Schrott zu sammeln, und irgendwann hat er seine ersten Wesen daraus erschaffen, wie er es immer nennt.«

»Stimmt es, dass deine Mutter sich umgebracht hat?«, fragte Jannek leise.

Rike nickte und schob mit dem Finger einen Krümel auf dem Tisch hin und her. »Ich weiß nicht genau, warum. Sie war auf einmal ganz verschlossen. Dabei war meine Mutter die Kontaktfreudige von uns, sie ist ab und zu ins Dorf gegangen und hat mit den Leuten geredet. Mein Vater meint, es wäre vorher etwas im Dorf unten passiert. Aber für ihn kommt alles Schlechte von dort.« Rike holte Luft. »Als sie jetzt diesen Mann im Weiher gefunden haben, musste ich noch mal zurückdenken, weil das auch vor fünf Jahren passiert sein soll, genau wie der Tod meiner Mutter. Ich denke jeden Tag an sie, aber nicht an ihren Tod.« Rike hielt kurz inne, dann fuhr sie fort: »Ich glaube schon, dass damals ein Fremder im Ort gewesen war. Aber wir haben gerade mal ein Jahr hier gewohnt und ich war zehn.«

»Und auf dem Foto in der Zeitung hast du ihn nicht erkannt?«
Rike schüttelte den Kopf.

»Wenn dein Vater nach dem Tod deiner Mutter mit den Skulpturen angefangen hat, dann heißt das, er macht das erst seit vier Jahren, oder?«

»Ja, so ungefähr seit drei oder vier Jahren.« Rike strich sich eine Haarsträhne aus dem Gesicht.

»Dann hatte er zu dem Zeitpunkt noch gar keinen Schrott«, murmelte Jannek vor sich hin.

»Zu welchem Zeitpunkt?« Auf einmal wurden Rikes Augen ganz schmal. »Glaubst du den Blödsinn, den sie im Dorf erzählen, etwa auch? Hast du mir deshalb geholfen? Um hier rumzuspionieren?«

»Nein!«, rief Jannek schnell. »Natürlich nicht. Ich habe dir geholfen, weil ich dir helfen wollte. Und weil du mir mal nicht davonfahren konntest.«

»Und du willst mir echt erzählen, dass das alles mit den Gerüchten über meinen Vater und diesen Schelk nichts zu tun hat?«

Jannek sah, dass Rike ihm nicht glaubte. »Okay, das stimmt vielleicht nicht ganz. Als ich die Gerüchte gehört habe, wollte ich deinen Vater kennenlernen. Aber nur, weil ich dem Gerede nicht glauben konnte.«

Rike hatte die Arme verschränkt und sah Jannek abwartend an. »Ich bin zwar in Ribberow aufgewachsen, aber ich wohne schon seit zehn Jahren nicht mehr hier. Ich weiß, wie fremd man sich fühlen kann und wie das Dorf über jemanden redet, der etwas anders ist.«

»Etwas anders? Mein Vater ist normaler als die meisten im Dorf.«

»Na ja. Schrott-Reinkarnation ist für Ribberow schon ziemlich schräg.«

Rikes Mundwinkel zuckte, dann lachte sie kurz. »Ja, kann wohl sein.«

Sie saßen sich an dem schmalen Küchentisch gegenüber und

hatten beide die Hände darauf gelegt. Zwischen ihren Fingerspitzen waren nur wenige Zentimeter Platz. Jannek hätte gerne sein Hand auf Rikes gelegt, nur um kurz ihre Wärme zu spüren.

Doch da stand sie plötzlich auf. »Ich muss mich noch um den Wintergarten kümmern.«

Jannek stand ebenfalls auf. »Ich kann dir helfen.«

Rike schüttelte den Kopf. »Das ist mein Ding. Mein Vater hat seine Skulpturen, ich habe meine Pflanzen.«

»Okay, dann … sehen wir uns bald.«

»Das lässt sich in Ribberow nicht vermeiden.« Rike lächelte. Als Jannek schon fast zur Tür hinaus war, rief sie ihm nach: »Und danke noch mal für die Hilfe.«

»Bedank dich lieber nicht. Das ist alles nur Training für das nächste Radrennen«, erwiderte Jannek, winkte und verschwand aus der Tür.

Er bog vom Kiesweg auf die Hauptstraße. Beim Bäcker Suckrow holte er sich eine Quarktasche und setzte sich auf die Bank vom alten Kunkel. Er würde heute Abend für Hanne kochen und mit ihr reden. Zumindest würde er es versuchen.

Plötzlich quietschten Autoreifen neben Jannek. Er war so in Gedanken versunken gewesen, dass er Tills Wagen erst jetzt bemerkte, wo er neben ihm stand.

»J.J., Mann, was hast du denn verbockt, dass du dich nicht nach Hause traust und hier Opa Kunkel spielst?« Till stieg aus und lehnte sich Jannek gegenüber an die Autotür.

Jannek breitete die Arme über der Banklehne aus. »Ich genieße die Dorfatmosphäre.«

Till lachte kurz auf. »Na, da hast du dir aber ein schönes Plätzchen ausgesucht.«

»Auf der Hauptstraße entgeht mir wenigstens nichts. Hast du eigentlich schon das neuste Dorfgerücht gehört?«

»Welches? Davon sind doch immer mindestens fünf im Umlauf.«

»Dass Rikes Vater etwas mit dem Mord an Schelk zu tun haben soll.«

»Ja, ja, ich weiß. Angeblich hat er Schelk umgebracht, weil der angeblich was mit seiner Frau hatte. Und angeblich würde er auf seinem Schrotthaufen am liebsten Ackerpflüge sammeln.«

»Dabei liegt da kein einziges Teilchen von einem Ackerpflug.« Till sah Jannek erstaunt an. »Warst du etwa oben und hast dir den Schrotthaufen heimlich angesehen?«

»Nein. Ich habe Rike besucht und mit ihrem Vater geredet. Er macht Skulp-«

»Du hast *was*?« Till starrte Jannek einen Moment an. »Niemand besucht Rike einfach so. Ich meine, die meisten kommen höchstens bis zur Türschwelle.«

»Na ja, ich habe ihr mit den Einkäufen geholfen. Die musste ich ja wohl irgendwie ins Haus bringen. Auf jeden Fall sind diese Gerüchte völliger Schwachsinn. Robert hat erst vor drei Jahren mit den Schrottskulpturen angefangen.«

»Robert?« Till schnaufte einmal kurz durch die Nase. »Hast du schön Kaffee getrunken mit Rike und Robert, ja?«

Jannek sah seinen Freund irritiert an. »Nein. Keinen Kaffee. Wasser. Aber darum geht es doch gar nicht. Ich glaube, dass weder an den Gerüchten mit Robert noch an der Sache mit dem Geschäftsmann etwas dran ist. Es ist doch völlig unlogisch, dass der von Berlin gerade nach Ribberow fährt. Er hätte Schelk überall auf der Welt umbringen können. Und es gibt bestimmt einfachere Methoden als den Ackerpflug, um eine Leiche zu verstecken.«

Ohne Jannek anzusehen, richtete Till sich auf und öffnete mit einem Ruck die Autotür. »Überlass das Spekulieren lieber der Polizei. Auch, wenn dir die Vermutung von meinem Vater un-

logisch vorkommt – er hat bestimmt schon öfters mit Krimi-
nellen zu tun gehabt als du. Wenn du denkst, nur weil du aus
der großen Stadt kommst, kannst du hier den großen Macker
spielen, hast du dich geschnitten.« Till stieg ins Auto und knall-
te die Tür zu. Der Motor heulte auf und drei Sekunden später
saß Jannek in einer Staubwolke, die Tills durchdrehende Autoreifen hinterlassen hatten.

SIEBEN

Jannek goss die restliche Soße zu den übrig gebliebenen Nudeln in den Topf und legte den Deckel auf. Hanne hatte nicht viel gegessen, aber das tat sie nie. Jannek sah es schon als Kompliment an, dass er überhaupt für sie kochen durfte.

Auf dem Küchentisch lag der Sandemünder Generalanzeiger. Hanne hatte den Lokalteil gelesen, als Jannek nach Hause gekommen war. Er fragte sie nach Schelk, und sie meinte, sie wüsste auch nicht mehr, als in der Zeitung stand. Danach wechselte sie das Thema.

Ribberow war einfach ein verschrobenes Nest. Entweder die Leute redeten gar nicht miteinander, oder sie tratschten, dass einem die Ohren abfielen. Oder sie waren von einer Sekunde auf die andere schlecht drauf, wie Till vorhin. Aber eigentlich, überlegte Jannek, war es in der Stadt nicht viel anders. Die Menschen waren nur mehr mit sich selbst beschäftigt. Vielleicht war das ja auch das Gute am Dorf: Selbst wenn man nicht unbedingt miteinander redete, interessierte man sich füreinander.

Jannek stand auf und ging ins Wohnzimmer zu Hanne. Sie schrieb etwas, und als sie Jannek bemerkte, sagte sie: »Beileidskarte. Frau Stade, die früher die Drogerie hatte, ist letzte Woche gestorben.«

Zögernd blieb er in der Tür stehen, während Hanne weiterschrieb. Er wusste nicht, wie er sie nach dem Pflugkörper in der Scheune fragen sollte. Vielleicht hatte er auch nur Angst vor der Antwort – falls er eine bekommen sollte.

»Was ist?« Hanne hatte sich zu ihm umgedreht und sah ihn über den Brillenrand hinweg an.

»Nichts, ich … ich geh dann noch mal zu Till.«

Erst auf der Straße fragte er sich, ob Till ihn überhaupt sehen wollte. Jannek wusste nicht genau, warum er vorhin so ausgerastet war, aber er kannte Till lange genug, um zu wissen, dass er nicht aus irgendeinem lächerlichen Grund so reagierte.

Till war weder zu Hause noch im Dorfkrug. Da sein Auto aber vor dem Haus stand, konnte er nicht weit sein. Jannek lief durchs Dorf, die Hauptstraße entlang bis zum Ortsausgang und zum Weiher. Till saß hinter der Polizeiabsperrung und blickte auf den schlammigen Grund.

Jannek kletterte unter dem Absperrband durch und setzte sich neben ihn. Ein paar Minuten saßen sie schweigend nebeneinander, als würden sie angeln.

»Weißt du«, begann Till und blickte weiter auf den Weiher, »selbst wenn ich unter den 35 Auszubildenden der einzige männliche gewesen wäre, hätte keine der Polizeimeisteranwärterinnen auch nur den Hauch einer Chance bei mir gehabt.« Till sah Jannek kurz an.

Der nickte langsam. »Rike.«

Till warf einen kleinen Stein in den leeren Weiher. »Obwohl ich erst fünfzehn war, als sie hierherzog, und sie erst elf – ich glaube, ich habe mich sofort in sie verknallt.« Till schüttelte den Kopf. »Ich dachte immer, so etwas gibt es überhaupt nicht wirklich. Die große Liebe. Seelenverwandtschaft. Ewige Treue und all der Scheiß. Dachte, das haben die Leute in Hollywood erfunden, damit die Mädchen ordentlich was zum Heulen haben im Kino. Und dann – Zack, Bumm – hat es mich erwischt.«

»Hast du es ihr gesagt?«

Till fuhr sich durch die Haare. »Ich habe ihr kein Liebesgedicht geschrieben oder vor ihrem Fenster nachts gesungen. Das ist nicht mein Ding. Aber ich habe sie x-mal eingeladen, mit mir nach Sandemünde zu fahren, in einen Club oder etwas essen gehen oder nur auf einen Kaffee. Einmal bin ich sogar mit Blumen zu ihr. Sie hat nicht aufgemacht, obwohl ich genau wusste, dass sie zu Hause war. Irgendwann dachte ich, ich muss ihr nur Zeit geben. Vielleicht muss sie das mit ihrer Mutter erst verarbeiten oder einfach nur erwachsen werden.« Till warf abermals einen Stein in die Teichgrube. »Jetzt warte ich seit sechs Jahren. Und dann kommst du.« Till blickte zu Jannek.

»Aber zwischen Rike und mir, da … da ist doch gar nichts.«

»Doch, ich glaube schon. Sonst hätte sie dich nicht in die Wohnung gelassen. Vielleicht hast du es noch nicht gemerkt, aber ich habe es gemerkt, gleich beim ersten Mal, als ihr euch getroffen habt.«

Jannek dachte an den Tag zurück, als sie Rike vor dem Angeln auf der Straße getroffen hatten. Ihm wurde erst jetzt bewusst, dass Till recht hatte – zumindest was Jannek betraf. »Stimmt. Da ist etwas. Ich weiß nicht, ob ich etwas mit ihr gemacht habe, aber sie hat auf jeden Fall etwas mit mir gemacht.«

Till stützte den Kopf in die Hände. »Na prima. Da sitzen wir, zwei verliebte Dorftrottel am Weiher. Und was machen wir jetzt? Sollen wir uns um sie schlagen, ein Los ziehen oder ein Weitspucken veranstalten?«

»Das Ergebnis würde sie sowieso nicht beeindrucken. Sie wird schon selbst entscheiden.«

»Vielleicht wäre es sogar ein Glück, wenn sie keinen von uns will. Dann könnten wir wenigstens Freunde bleiben.«

»Das können wir auch so. Wenn wir nichts weiter machen und sie sich selbst entscheidet, ist es ja nicht unsere Schuld. Wir kicken uns nicht gegenseitig raus.«

»Na ja, rein theoretisch stimmt das.« Till dachte einen

Moment nach. »Und wenn sich Rike für mich entscheidet, wirfst du mich nicht in den Weiher, okay?«

»Nein. Ich mach höchstens einen kleinen Kratzer an dein Auto«, entgegnete Jannek.

Till sah ihn entsetzt an, dann grinste Jannek, und Till gab ihm einen Klaps. »Alte Flitschbirne.«

Sie saßen noch einen Moment am Ufer und hingen ihren Gedanken nach. Dann strich sich Till über die Oberschenkel. »Tja. Angeln is' ja heute wohl nicht. Komm, gehen wir zu mir. Hier wird's langsam kalt.«

Jannek saß in dem Schaukelstuhl, der als einzige Sitzgelegenheit in Tills Zimmer stand. Till lag auf dem Rücken auf dem Bett und hatte die Hände hinter dem Kopf verschränkt. »Der ist noch von meiner Oma«, sagte Till und deutete auf den Stuhl.

»Ist echt schön.« Jannek fuhr über die Armlehne und schaute sich im Zimmer um. Die anderen Möbel sahen ziemlich neu und nach Billigeinrichtungshaus aus.

»Bei den Alten wohnen ist gar nicht so übel. Hat deine Mutter doch auch eine ganze Weile noch gemacht.«

Jannek nickte. Doch er war sich sicher, dass seine Mutter früher ausgezogen wäre, hätte es ihn nicht gegeben und wäre sie finanziell unabhängig gewesen. »Was du heute Nachmittag zu mir gesagt hast, glaubst du das wirklich? Dass dein Vater mit seinem Verdacht mit dem Berliner Geschäftsmann recht hat?«

»Was weiß ich. Schelk hatte sicher viel Dreck am Stecken. Und wenn es keiner von seinen Berliner Geschäftspartnern war, dann hatte er hier auch genug alte Feinde. Mein Vater sagt, er hatte damals seine Finger mit im Spiel, als die LPG aufgelöst wurde. Da wurden einige Sachen geschachert und krumme Deals gemacht. Schwericke, der jetzt den Biobauernhof bei Großkumerow leitet, war dicke mit dabei. Und Schelk wohl auch. Aber glaub nicht, dass sie deswegen Freunde waren.«

Jannek lehnte sich im Schaukelstuhl zurück und sah auf einen kleinen dunklen Fleck an der Decke. Es war wohl wirklich sehr wahrscheinlich, dass einer von Schelks Geschäftspartnern ein Problem mit ihm hatte. Vielleicht hatte Schelk jemanden erpresst oder er hatte Schulden. Oder Schelk selbst war beim Abzocken zu weit gegangen. Aber wie hing das mit dem Pflugteil in Hannes Scheune zusammen? »Ich habe etwas gefunden«, sagte Jannek langsam und blickte zu Till, der ihn fragend ansah. »Bei uns in der Scheune auf dem Hof.«

»Was denn? Noch eine Leiche? So ein Gesicht machst du nämlich.«

»Nein. Keine Leiche. Den Pflugkörper von einem Ackerpflug.« Till blieb der Mund offen stehen und er richtete sich auf. »Von *dem* Ackerpflug?«

»Das weiß ich nicht. Aber es war genau der Teil, der beim Ackerpflug im Teich gefehlt hat, und vom Alter und Modell her könnte es passen.«

»Hast du es schon jemandem von der Polizei gesagt?«

Jannek schüttelte langsam den Kopf. »Wahrscheinlich nennt ihr so etwas Verschweigen von Beweismaterial oder Mithilfe durch Verheimlichen oder so. Aber dieser Pflugkörper steht bei Hanne in der Scheune, und Hanne ist meine Oma. Verstehst du? Ich wollte warten, bis mehr über den Fall Schelk bekannt ist. Bevor die Polizei irgendwelche vorschnellen Schlüsse zieht, möchte ich selber mehr herausfinden.«

Till setzte sich aufs Bett und fuhr sich durch die blonden Locken. »Hast du mit Hanne geredet?«

»Ich glaube, sie weiß, dass ich den Pflugkörper gesehen habe, aber sie weicht mir aus.«

»Du musst sie unbedingt fragen. Wahrscheinlich gibt es irgendeine Erklärung. Vielleicht hat jemand den Pflugkörper nur in der Scheune abgestellt.«

»Nein. Er gehört auf jeden Fall zu dem Ackerpflug, der seit Ewigkeiten in der Scheune steht und den Opa und schon sein Vater benutzt hatten. Es ist der Ackerpflug der Jensens.«

»Aber … es kann unmöglich sein, dass Hanne oder Heinz etwas mit dem Mord an Schelk zu tun hatten. Wie hätten sie das unbemerkt zu zweit anstellen sollen? Außerdem: Warum? Soweit ich weiß, hatten sie mit Schelk gar nichts zu tun.«

»Keine Ahnung. Aber vielleicht gibt es ja irgendwas, was ich über meine Großeltern nicht weiß.«

Till sah Jannek mit großen Augen an. »Du hältst es wirklich für möglich, dass …«

»Nein! Aber vielleicht waren sie durch irgendetwas gezwungen, dem Mörder zu helfen. Womöglich hat er sie erpresst oder bedroht. Nur, dazu müsste ich mehr über Schelk und seine Vergangenheit wissen.«

»Fragen wir meinen Vater. Die beiden waren doch ungefähr gleich alt und schon von Berufs wegen müsste er einiges wissen.«

Jannek hielt Till, der aufgestanden war und bereits zur Tür ging, am Ärmel fest. »Aber kein Wort über den Pflugkörper in der Scheune, okay?«

Till nickte. »Du hast es ja einem Polizisten gesagt, das reicht.«

Die Hempels saßen im Wohnzimmer und sahen fern, wobei Frau Hempel auf der Couch saß und eine Näharbeit auf dem

Schoß hatte, während Herr Hempel am Tisch Kreuzworträtsel löste. Sie verfolgten die Quizsendung im Fernsehen nur nebenbei.

Jannek und Till setzten sich an den Wohnzimmertisch.

»Marianne, wie heißt dieser komische australische Laufvogel noch mal?«, fragte Herr Hempel, ohne vom Rätselheft aufzusehen.

»Emu«, antwortete Jannek.

»E-m-u«, wiederholte Herr Hempel und schrieb die Buchstaben in die Kästchen.

»Erzähl doch noch mal was über Schelk«, begann Till. »Du musst ihn ziemlich gut gekannt haben, wenn er nur ein Jahr jünger war als du.«

Herr Hempel blickte auf. »Schelk? Was soll denn das jetzt?«

Till zuckte mit den Schultern. »Interessiert uns eben. Da passiert schon mal was im Dorf, dann wollen wir es auch genau wissen.«

»Stand doch alles in der Zeitung«, meldete sich Frau Hempel von der Couch zu Wort.

Herr Hempel nickte. »Viel mehr kann ich euch auch nicht sagen. Schelk war keiner, mit dem ich gerne meine Freizeit verbracht habe. Natürlich sind wir uns ein paarmal begegnet, aber bei ihm ging es immer nur darum, dass er der Größte war, der Reichere, mehr PS und mehr Freundinnen hatte.«

»Aber irgendjemand muss ihn doch auch gemocht haben oder mit ihm befreundet gewesen sein«, hakte Jannek nach.

Frau Hempel stieß einen hohen Laut aus. »Na klar, die Frauen. Vielleicht ist das das einzig Positive, was man über ihn sagen kann: Er konnte charmant sein. Wenn er wollte.«

Herr Hempel warf seiner Frau einen Blick mit zusammengezogenen Augenbrauen zu.

»Und wie war das damals genau mit dem Schwericke und der LPG-Auflösung?«, fragte Till.

Herr Hempel schlug auf einmal mit der Faust auf den Tisch. Er schien selbst erschrocken über das laute Geräusch. »Was soll denn das? Willst du mir mit deinem Gefrage den Feierabend verderben? Nun lass den Schelk mal in Ruhe. Der ist längst vermodert.«

»Und das ist auch gut so«, fand Frau Hempel.

»Ja, aber der Mörder ...«, begann Jannek.

»Der Mörder! Der ist längst über alle Berge. Das Ganze ist fünf Jahre her. Wir haben leider noch andere Sachen zu tun. Ich arbeite schon wieder am nächsten Fall.« Herr Hempel nahm einen Schluck von seinem Bier.

»Und was wird aus Schelk? Ist das etwa schon abgehakt?«, fragte Till.

»Nein, darum kümmern sich ein paar Kollegen, wenn sie Zeit haben.« Herr Hempel widmete sich wieder seinem Rätsel, doch dann blickte er noch mal auf. »Macht euch keine Sorgen. Das geht schon alles seinen Gang. Ihr müsst hier nicht Sherlock Holmes und Dr. Watson spielen.«

Till gab Jannek ein Zeichen, und sie gingen auf den Flur. »Das hier bringt nichts. Entweder, mein Vater hat nur keine Lust, oder er kann uns wirklich nichts erzählen.«

»Vielleicht hätten wir uns eher an Marianne halten sollen.«

»Wieso?«

»Na, wenn der Schelk doch mit Frauen besser konnte«, meinte Jannek.

»Das klang aber nicht so, als wäre meine Mutter seinem Charme erlegen gewesen. Nein, wir machen es anders. Du gehst jetzt nach Hause und fragst Hanne wegen dem Ackerpflug. Und dann treffen wir uns im Dorfkrug, alles klar?« Till schob Jannek zur Haustür hinaus. »Also, bis gleich!«

Auf dem Weg nach Hause überlegte Jannek, wie er Hanne nach dem Pflugteil in der Scheune fragen sollte. *Hallo Hanne, hast du schon gesehen, dass dir jemand einen Pflugteil in die Scheune gestellt hat?* Oder: *In der Scheune steht genau der Pflugteil, den die Polizei noch sucht. Meinst du, wir sollen sie noch ein wenig suchen lassen?*

Hanne saß im Wohnzimmer und blätterte in einem dicken Buch. Als Jannek hereinkam, schlug sie es zu. Es sah aus wie ein altes Fotoalbum. Wahrscheinlich hatte sie sich Fotos von Opa angeschaut. Die beiden waren 44 Jahre zusammen gewesen. Jannek konnte sich nicht vorstellen, wie es war, jemanden nach 44 Jahren zu verlieren. Wahrscheinlich war es auch so ein Gefühl, als ob man auf einmal einbeinig durchs Leben ging.

Jannek setzte sich gegenüber von Hanne auf einen Stuhl. Er musste sie sofort fragen, sonst würde er es nie tun. »In der Scheune steht ein Ackerpflug. Genau genommen nur noch der Pflugkörper davon.«

Hanne sagte nichts, sah Jannek eine Weile bewegungslos an, dann nickte sie kaum merklich.

»Der Pflugkörper gehört zu dem restlichen Ackerpflug, den sie im Weiher gefunden haben, oder?«, fragte Jannek leise.

Hanne erwiderte nichts. Sie hielt Janneks Blick stand, aber weder nickte sie noch schüttelte sie den Kopf.

Jannek fuhr sich mit der Hand über die Stirn. »Hanne, sag mir, was das zu bedeuten hat. Wieso steht in unserer Scheune ein halber Ackerpflug unter einer Plane versteckt?«

Hanne wandte den Blick ab, dann stand sie plötzlich auf. »Das hättest du Opa fragen müssen. Aber dazu ist es ja nun zu spät«, sagte sie und verließ mit zwei großen Schritten das Wohnzimmer.

Jannek folgte ihr auf den Flur und sah gerade noch, wie sich die Schlafzimmertür schloss, dann war alles still. Nachdem

Jannek einen Moment unschlüssig auf dem Flur gestanden hatte, drehte er sich um und verließ das Haus Richtung Dorfkrug.

»Und?«, begrüßte ihn Till, der an der Bar saß.

Jannek setzte sich auf den Hocker daneben und schüttelte den Kopf. »Aus ihr kriegt man nichts raus. Sie meint, ich hätte Opa fragen sollen.«

Till zog eine Augenbraue hoch. »Interessant.«

»Ja, nur leider nicht sehr hilfreich.«

»Watt kriegste, Kleener?« Die Barfrau lehnte sich von der anderen Thekenseite zu ihnen, wobei ihr goldener Herzanhänger gegen ein Glas baumelte, das auf dem Abtropftisch stand. »'ne Cola, 'n Glas Milch oder 'n Kakao?«

»Mann, Sabine, bring J.J. ein Bier«, maulte Till.

»Ich nehme ein Spezi«, warf Jannek ein.

»Watt janz Exotüsches.« Sabine zwinkerte Jannek zu und verschwand wieder.

»Ich glaube, wir müssen anders an die Sache rangehen. Bei Hanne kommen wir nicht weiter«, sagte Jannek.

»Polizeimeister Till, dein Freund und Helfer, hat schon einen mächtig gewaltigen Plan.« Till legte einen Arm um Janneks Schulter. »Wir machen morgen eine kleine Exkursion in Schelks Vergangenheit. Hören uns ein bisschen um, fahren mal in die alte Schule drüben in Großkumerow und in die Bibliothek nach Sandemünde. Die haben da alle möglichen alten Zeitungen. Vielleicht finden wir etwas über Schelk und diese LPG-Geschichte. Oder über diese Vergewaltigung. Wir machen uns ein richtig schönes Bild von Schelk. Denn wenn wir ihn genau kennen, kennen wir auch seine Freunde und Feinde genau.«

»Lernst du so was in der Ausbildung?«

»Nee, zweiter Bildungsweg Glotze.«

»Exkursion in die Vergangenheit. Klingt gut«, gab Jannek zu. »Vielleicht finden wir so auch heraus, ob vor fünf Jahren irgendetwas anderes im Dorf los war, was mit dem Mord zu tun haben könnte. Rike meint, dass sie damals einen Fremden im Dorf gesehen hat. Aber sie kann sich nicht genau erinnern.« Jannek musterte Till, der schnell von seinem Bier getrunken hatte, als der Name Rike fiel.

»Echt? Ein Fremder? Kann mich nicht erinnern, aber ich war ja auch zur Ausbildung weg. Und du meinst, dieser Fremde war Schelks Mörder oder Schelk persönlich?«

Jannek zuckte mit den Schultern.

Till wandte sich zu seinem anderen Nachbarn, der zwei Hocker weiter saß. »He, Knubs, du sitzt doch seit zwanzig Jahren hier rum. Weißt du, ob vor fünf Jahren ein Fremder im Dorf war?«

Jannek hatte das Gefühl, alle Gespräche im Dorfkrug wurden auf einmal leiser.

»Watt'n für'n Fremder?« Knubs hielt sein Bier mit beiden Händen umklammert und hatte den Kopf über das Glas gesenkt.

»Vielleicht auch kein Fremder, sondern Frank Schelk. Den kanntest du doch bestimmt auch.«

Knubs murmelte etwas Unverständliches in sein Glas und drehte sich dann um.

»Der war aber auch schon mal freundlicher«, sagte Till zu Jannek.

»Ein Spezi, der junge Mann«, sagte die Barfrau und stellte das Glas mit Schwung auf den Tresen. Dann spielte sie mit dem goldenen Herzanhänger und musterte Jannek mit schief gelegtem Kopf. »Sach bloß du bist der kleene Jensen?«

Jannek nahm einen Schluck vom Spezi und nickte. Ganz genau. 1,84 m groß. Der kleine Jensen, wer sonst.

»Nun kiek mal an, du bist ja'n richtiger Mann jeworden.« Sabine grinste.

»Trotzdem zu jung für dich, Sabine«, warf Till ein.

Sabine schnaufte und schlug mit dem Wischtuch nach Till, das über ihrer Schulter gelegen hatte. Till fing das Tuchende mit einer Hand und hielt es fest. »Sag mal, du arbeitest doch auch schon eine ganze Weile hier, oder?«

»Eine janze lange Weile. Dieses Jahr werden es sieben Jahre. Toi toi toi.« Sabine spuckte auf den Fußboden.

»Das heißt, vor fünf Jahren warst du auch schon hier?«, fragte Jannek.

»Och noch jut im Kopfrechnen, was?« Sabine zog beide Augenbrauen hoch und lächelte Jannek zu.

»Diesen Schelk, hast du den auch gekannt?«, fragte er weiter.

»Von dem jetzt nur noch Knochen übrig sind? Klar doch. Hat jesoffen wie ein Loch.«

»Das heißt, er war hier im Dorfkrug?«, warf Till ein. »Als du hier gearbeitet hast?«

Sabine blickte Till verwirrt an. »Muss er dann ja wohl.«

»War Schelk vielleicht genau vor fünf Jahren hier?«

»Keene Ahnung. Kann vor fünf Jahren jewesen sein, oder vor sieben. Watt weeß ick. Ick bin Barfrau und keene Stechuhr.« Mit einem Ruck zog Sabine Till das Wischtuch aus der Hand und verschwand an das andere Ende der Bar.

ACHT

Till fuhr mit dem Auto direkt vor die rote Backsteintreppe der Schule. Dort, wo früher das Schild »Polytechnische Oberschule Friedrich Engels« über der großen Holztür gehangen hatte, stand jetzt »Grundschule Großkumerow«.

»Ist da jetzt in den Ferien überhaupt jemand?«, fragte Jannek zweifelnd und folgte Till über einen Kiesplatz zu einem kleinen Nebengebäude, das vermutlich nachträglich angebaut worden war. Es schloss direkt an das rotbraune Schulgebäude an und hatte – soweit Jannek erkennen konnte – keine eigene Eingangstür.

»Der Hausmeister ist immer da. Ich kenne ihn noch ziemlich gut von früher. Mein Vater geht manchmal mit ihm zum Bowling. Hausmeister Harry ist in die kleine Wohnung gezogen, die früher das geheime Raucherzimmer der Lehrer war, und manchmal haben dort auch Gäste übernachtet.« Till klopfte an ein Fenster.

Die Gardine wurde weggeschoben und das Fenster einen Spalt geöffnet. »Till? Bist du das? Warte, ich komme vorne rum und mach dir auf«, war eine raue Stimme von drinnen zu hören.

Till und Jannek gingen zurück zur Backsteintreppe und warteten vor der großen Holztür. Kurz darauf war ein Schlüssel im Schloss zu hören und die Tür öffnete sich. Ein Mann, der Jannek gerade mal bis zum Kinn reichte, begrüßte sie lächelnd. Er hatte einen grauen Igelhaarschnitt und einen Dreitagebart. »Schön, dass du mich mal wieder besuchst. Kommt rein«, sagte er.

Till stellte dem Hausmeister Jannek vor und erklärte, warum sie gekommen waren.

»Ja, schlimme Sache mit dem Schelk. Ich habe es in der Zeitung gelesen«, meinte Harry. »Er war sicherlich kein Waisenknabe, aber dass er so enden muss, nee ...«

»Und du meinst, wir können uns mal die Jahrbücher und Schülerzeitungen ansehen?«, fragte Till.

»Warum nicht? Dazu sind sie ja da.«

Sie folgten Harry eine breite Steintreppe hinauf und einen Gang entlang. Der Hausmeister schloss eine weinrote Tür auf und drückte im Raum auf den Lichtschalter, woraufhin mehrere Neonröhren aufflackerten.

»Bitteschön«, sagte Harry und deutete mit einer kreisförmigen Armbewegung auf die mit Büchern und Heften gefüllten Schrankwände. »Ist alles nach Jahren und Klassen geordnet. Ihr findet euch bestimmt zurecht. Ich lass euch dann mal allein. Sagt Bescheid, wenn ihr fertig seid.«

»Danke, Harry. Dauert bestimmt nicht lange«, sagte Till.

»Also, fangen wir an«, wandte er sich dann an Jannek. »Schelk wurde 1967 geboren, das heißt, er müsste ...«

»... etwa von 1973 bis 1983 hier zur Schule gegangen sein«, sagte Jannek.

Till nickte. »Am besten, wir suchen das Abschlussjahr mit der Abschlusszeitung. Da stehen immer die meisten und peinlichsten Sachen drin.«

»Gibt es von dir auch so eine Abschlusszeitung?«, fragte Jannek.

»Ja, aber nur in Sandemünde an der Realschule. Ich war ja hier nur auf der Grundschule. Damals war ich noch nicht peinlich.«

»Schade«, sagte Jannek und zog einen Ordner mit der Aufschrift »1983« aus dem Regal. »Hier ist eine Art Jahrbuch.« Jannek blätterte darin, während ihm Till über die Schulter sah.

»Langweilig. Sind ja nur Fotos und Namen. Warte mal! Da ist

Schelk.« Till deutete auf ein Foto, auf dem Schelk der lockige Pony in die Stirn fiel und die Haare hinten knapp über die Schultern. Auf seiner Oberlippe war ein leichter Bartansatz zu erkennen. »Mann, wie der aussah! Die Frauen müssen damals echt an Geschmacksverirrung gelitten haben.«

»Na ja, die sahen aber auch merkwürdig aus«, sagte Jannek und zeigte auf ein Foto darunter, auf dem ein schwarzhaariges Mädchen mit hochtoupierten Haaren, einem weißen Stirnband und riesengroßen runden Plastikohrringen zu sehen war. Till lachte und zeigte auf das Foto. »Das ist die Popitz. Die arbeitet an der Tanke kurz vor Sandemünde.«

»Hier steht Heike Reinhardt.« Jannek zeigte auf die Fotounterschrift.

»Ja, Reinhardt hieß sie vor der Hochzeit. Und guck mal, das ist Knubs. Mann, hätte nicht gedacht, dass der mit Schelk in einer Klasse war.«

»Andreas Knuse«, las Jannek. »Der sah ja mal richtig nett aus.«

»Ja, mein Vater meint auch immer, um den wäre es schade. Aber er hat den Absprung nicht geschafft und ist im Dorfkrug hängen geblieben. Angeblich hat ihm irgendeine Dorfschönheit das Herz gebrochen, und das ertränkt er dort regelmäßig.«

Till beugte sich über Jannek und zog ein dünnes, am Rand etwas eingerissenes Heft aus dem Ordner. »Abschlusszeitung 1983« stand mit fetten schwarzen Buchstaben darauf. »Preisknüller: Diese Zeitung jetzt abonnieren und später nie mehr lesen«, las Till vor. Die Zeitung war von Hand geschrieben und mit comicähnlichen Figuren bemalt.

Es gab ein kaum leserliches Vorwort, eine Seite mit Sprüchen wie »Lieber sieben Stunden Schule als gar keinen Schlaf«, ein Schüler-ABC mit Einträgen wie »H wie Hirn – am wenigsten gebrauchtes Organ der Schüler«, eine Seite über die Klassenlehrerin und mehrere Seiten mit Schülerannoncen. »Suche

Lupe, mit der Lehrer meine Hieroglyphen entschlüsseln können. Ronald Wiegand«, las Jannek vor. »Tausche harten Schul-
stuhl gegen weichen Sessel, damit ich besser träumen kann.
Andreas Knuse.«

»Was haben sie Schelk denn für eine Annonce reingedrückt?«,
fragte Till.

Jannek fuhr mit dem Finger über die Seite. »Hier: Suche Rück-
nahmestelle für meine Verflossenen. Frank Schelk.«

»Und da war er gerade mal 16.« Till schüttelte den Kopf. »Was
kommt denn noch?«

Jannek blätterte weiter. »Witze, Lehrersprüche, Tipps zum Ab-
schreiben und Spicken und Schülersteckbriefe mit Fotos.«

»Zeig mal!« Till besah sich die Steckbriefe näher. »Hier ist
Schelk«, sagte er und deutete auf ein Foto von einer Musik-
band. Schelk stand hinter dem Mikrofon und hatte ein Tuch
um die Stirn gebunden.

»Ist das an der Gitarre nicht dein Vater?«, fragte Jannek.

Till nickte. »Ja, ich wusste, dass er früher ab und zu mal mit einer Band gespielt hat. Aber ich wusste nicht, dass Schelk auch
in der Band war.«

Jannek sah Till kurz nachdenklich an, der blätterte bereits um.
»Guck mal, Schelk in seinem Element.« Das Foto war an einem See aufgenommen worden. Schelk stand nur mit Bade-
hose bekleidet inmitten einer lachenden Schar von Mädchen.
Jannek erkannte das Mädchen mit den schwarzen, hochtoupierten Haaren aus dem Jahrbuch wieder.

»Heike Popitz, Claudia Koegel, Susanne Uckermann und Marianne Hempel, damals noch Marianne Wilke«, zählte Till die
Mädchen auf dem Foto auf.

»Die mit den blonden kurzen Haaren ist deine Mutter?«

Till nickte und betrachtete nachdenklich das Foto.

Jannek fand, dass Tills Mutter Schelk auf dem Foto total anhimmelte. »Wieso haben uns deine Eltern nichts davon erzählt? Ich meine – sie scheinen Schelk doch besser gekannt zu haben, oder?«

»Vielleicht war der gemeinsame Auftritt mit der Band eine einmalige Sache und zufällig gibt es gerade davon ein Foto. Ich frage meinen Vater einfach noch mal.«

Sie blätterten das Jahrbuch und die Abschlusszeitung ein zweites Mal durch, fanden aber nichts Außergewöhnliches. Jannek hätte gerne einen kurzen Blick auf die Abschlusszeitung seiner Mutter geworfen, oder vielleicht gab es sogar eine von Hanne und Opa. Aber Till wollte so schnell wie möglich nach Sandemünde in die Bibliothek.

Sie verabschiedeten sich von Harry und fuhren zurück durch Ribberow und weiter nach Sandemünde. In der Bibliothek, in der bis auf ein paar Kinder kaum Leute waren, setzten sie sich an einen Tisch direkt neben den alten Zeitungsausgaben. »Wonach suchen wir jetzt?«, fragte Jannek.

»Nach so ziemlich allem. Am besten, wir fangen 1989 an. Davor war Schelk noch zu jung und außerdem standen damals nur so sozialistische Phrasen in der Zeitung. Also«, sagte Till und zog mehrere Bände aus dem Regal. »Jeder nimmt einen Stapel. Wahrscheinlich ist der Lokalteil für uns besonders interessant.«

Eine Weile saßen Jannek und Till schweigend nebeneinander und nur das Rascheln beim Umblättern der Zeitungen war zu hören.

»Oh Mann! Hör dir das Fußballergebnis an: Der FC Großkumerow gegen den Mechliner SC 2:8!«

»Vielleicht war Schelk Fußballer und wurde getötet, weil er einen Elfmeter verhauen hat.«

Till lachte und die Dame an der Rezeption legte den Finger auf den Mund und machte »Pst!«

Jannek blätterte weiter. »Guck mal. Hier ist ein großer Artikel über die Auflösung der LPG.«

Till beugte sich über Janneks Zeitung. »Ach nee, sogar mit Foto. Das ist Schwericke.« Till zeigte auf einen kleinen, fülligen Mann mit Halbglatze, der darauf ein etwa pflaumengroßes Muttermal hatte, was ihn ein wenig wie Gorbatschow aussehen ließ. »War früher LPG-Vorsitzender und später hat er den großen Biobauernhof aufgebaut. Und den Herrn daneben kennst du ja schon.«

Jannek nickte. Schelk, der gut einen Kopf größer war als Schwericke und bestimmt 20 Jahre jünger, stand neben ihm und strahlte in die Kamera, als würde er gerade einen Baum für den Weltfrieden pflanzen. Auch bei diesem Foto waren die dunklen Augen das Auffälligste an Schelk. Jannek musste für eine Sekunde an die dunklen Augenhöhlen denken, die ihn aus dem Weiher angestarrt hatten. Ihn überkam ein Frösteln und er fuhr sich kurz mit der Hand übers Gesicht. Dann sah er wieder auf den Artikel. »Und wieso haben die zusammen die LPG abgewickelt? Ich meine, was hatte Schelk mit der LPG zu tun? Der war doch gerade mal 23 damals.«

»Keine Ahnung. Aber du hast doch gehört, dass er überall seine Finger im Spiel hatte und in allerhand Geschäfte verwickelt war. Und das schnelle Geld konnte man bei so einer Auflösung vielleicht schon machen. Was steht denn da?«

Die Jungen beugten sich wieder über den Artikel und lasen. Till fuhr sich durch die Haare. »Oh Mann, das ist wieder so ein Klugscheißerdeutsch. Verstehst du das?«

Jannek fasste leise zusammen: »Die Mitglieder haben die Wahl zwischen Fortführung der Genossenschaft in einer neuen Rechtsform oder Auflösung – wofür sie sich anscheinend entschieden haben. Wenn die Mitglieder austreten, haben sie Anspruch auf eine Abfindung. Die Umwandlung beziehungsweise Auflösung wird vom ehemaligen LPG-Vorsitzenden Schwericke und seinem Assistenten Frank Schelk vorgenommen.«

»Was auch immer den zum Assistenten qualifiziert«, brummte Till.

»Der Artikel erschien also kurz vor der Auflösung. Lass uns mal weitersuchen.«

Es dauerte eine ganze Weile, bis Jannek einen kleinen Artikel fand, der fast ein halbes Jahr später erschien. »LPG-Glücksritter«, lautete die Überschrift. Jannek überflog den Artikel und las dann vor: »… kann nach heutigem Kenntnisstand davon ausgegangen werden, dass die Übernahme der LPG durch einzelne Mitglieder auf Kosten zahlreicher ehemaliger Mitglieder abgelaufen ist, die mit einer billigen Abfindung abgespeist wurden. Den ehemaligen Mitgliedern und Wiedereinrichtern fehlt es oft an Inventar, dabei geht es um Beträge von bis zu 300.000 DM. Weder Schwericke noch sein Assistent Schelk wollten dazu Stellung nehmen.«

»Das heißt, dass Schwericke und Schelk sich damals die fettesten Brocken gesichert haben und andere im Dorf dumm aus der Wäsche guckten. Und die hatten dann jeden Grund, so richtig sauer auf Schelk zu sein.«

»Und auf Schwericke.«

»Na ja, der hat dann ja später auch wieder neue Jobs in die Gegend gebracht mit dem Biobauernhof«, bemerkte Till. »Der muss ziemlich gut laufen. Schwericke geht es jedenfalls prächtig, was man so hört.«

»Wer sind denn diese Wiedereinrichter, die bei der ganzen Geschichte die Verlierer waren?«

Till schnaufte. »Muss das halbe Dorf gewesen sein. Die meisten Leute wohnen doch seit Generationen in der Gegend und vielen hat früher Land gehört. Knubs' Großvater zum Beispiel ist einer der reichsten Bauern im Dorf gewesen. Na, und die

Jensens hatten auch einen ordentlichen Grundbesitz. Frag mal Hanne. Nur ein paar Flüchtlinge und Saisonarbeiter, die geblieben sind, hatten keinen Landanspruch.«

»Wollte Knubs' Vater das Land zurück oder hat er eine Abfindung bekommen?«

»Knubs' Vater? Den kenne ich gar nicht. Der ist irgendwann in den frühen Siebzigern in den Westen abgehauen. Wollte angeblich seine Frau und den kleinen Knubs nachholen, aber das hat wohl nicht geklappt. Ich weiß gar nicht, ob er nach der Wende mal hier war. Wenn Frau Knuse überhaupt gecheckt hat, dass sie einen Anspruch hat, dann hat sie sicher die Abfindung genommen. Aber sie ist etwas …« Till machte mit dem Finger eine Kreisbewegung an der Schläfe.

»Lass uns mal die Zeitungen vor fünf Jahren ansehen«, schlug Jannek vor.

Nach einer weiteren Stunde lehnte sich Till zurück und stöhnte. »Sieht so aus, als ob die spannendsten Sachen vor fünf Jahren in Ribberow der Blattlausbefall, zwei zerstörte Laternen auf der Hauptstraße und die entlaufene Ziege von Pelzers waren.«

»Und der Selbstmord von Rikes Mutter.« Jannek zeigte auf ein Foto von einer schlanken Frau mit dunkelblonden, welligen Haaren. Sie hatte den Kopf schräg gelegt und zwei Strähnen fielen ihr ins Gesicht. Sie sah nicht in die Kamera, sondern in die Ferne, als würde sie auf jemanden warten. Ihre Augen wirkten dunkel und sie hatte die gleiche kleine eckige Nase wie Rike. »Steht da irgendwas, was wir noch nicht wissen?«

»Nur, dass sie sich am 15. Oktober selbst das Leben genommen hat und wann die Beerdigung stattfindet.« Jannek sah das Foto einen Moment lang an. »Warst du damals da?«

»Bei der Beerdigung?« Till schüttelte den Kopf. »Da war kaum jemand aus dem Dorf. Irgendwie hat einem der Waldeinstein das Gefühl gegeben, dass wir dort nicht erwünscht waren. Als könnten wir etwas für den Tod seiner Frau.«

Jannek schlug die Zeitung zu, starrte einen Moment lang auf den Tisch, dann lehnte er sich ebenfalls zurück. »Also. Was wissen wir jetzt über Schelk? Dass er tatsächlich ein Frauenheld war und keine Freunde im Dorf hatte.«

»Bis auf Schwericke vielleicht, mit dem er dicke Geschäfte machte«, warf Till ein.

»Weswegen das halbe Dorf Grund hatte, sauer auf ihn zu sein. Ein Motiv hätte also jeder, der damals bei der LPG-Auflösung zu kurz gekommen ist. Nur, das liegt ja schon beinahe zwanzig Jahre zurück. Warum sollte jemand Schelk erst ungefähr dreizehn Jahre später deswegen umbringen, als er schon in Berlin war?«

»Vielleicht hat der Mörder von Schelks Ausreiseplänen erfahren und somit gewusst, dass ihn niemand vermisst melden würde.«

»Und du meinst, er hat dreizehn Jahre darauf gewartet, dass Schelk auf die Idee kommt, auszureisen?« Der Zweifel in Janneks Stimme war deutlich zu hören.

»Na ja, er hat eben einfach auf einen günstigen Moment gewartet. Vielleicht ist das ja auch das falsche Motiv. Vielleicht steckt dahinter doch irgendeine alte Frauengeschichte. Was meinst du, wie oft Morde aus Eifersucht geschehen!«, wandte Till ein.

»Im wirklichen Leben oder im zweiten Bildungsweg?«

»Nein, echt jetzt. Immerhin stand er schon mal wegen Vergewaltigung unter Verdacht und er soll sogar mit verheirateten Frauen rumgemacht haben. Außerdem hat die Popitz erzählt, dass er einige Kinder in der Gegend in die Welt gesetzt haben soll. Aber von wegen Vaterschaft bekennen und so weiter natürlich Pustekuchen.«

»Und Schelk ist dann vor fünf Jahren ins Dorf gekommen, um seine Kinderchen mal wiederzusehen? An seiner Stelle hätte ich mich lieber vom Dorf ferngehalten.«

»Was weiß ich? Vielleicht hat er auch nur Schwericke besucht. Bei dem gab es schließlich was zu holen. Schelk wusste als Assistent sicher ganz genau, was bei der LPG-Auflösung gelaufen ist. Und jetzt, wo Schwericke wieder wie die Made im Speck lebt, wollte er auch noch etwas Nachschlag«, spekulierte Till.

»Du meinst, Schelk hat Schwericke erpresst?«

»Natürlich alles nur angenommen, falls Schelk überhaupt freiwillig und noch lebend vor fünf Jahren nach Ribberow gekommen ist.«

Jannek stand auf. »Fragen wir diesen Schwericke doch einfach.«

NEUN

»Warum müssen wir jetzt noch mal bei dir halten?«, fragte
Jannek, als sie bei den Hempels in die Auffahrt fuhren.

»Ich schwing mich in meine Uniform. Meinst du, der Schwericke lässt sich von ein paar neugierigen Dorfjungen befragen?«

»Schätze, da muss schon ein Polizeimeister vorbeikommen.«

»Genau. Und du bist mein Assistent.«

Eine halbe Stunde später fuhren sie auf den Biobauernhof, der
aus vier länglichen Gebäuden mit braunen Dächern bestand:
ein Wohnhaus, zwei Ställe und eine Scheune. Aus einem der
Ställe waren Stimmen zu hören, und Jannek wollte schon darauf zugehen, als Till ihn am Ärmel zog. »Schwericke ist sicher im Büro. Wenn der arbeitet, macht er sich nicht die Hände schmutzig.«

Im Wohnhaus roch es nach Beton. Es war feucht und kalt. »Die
bauen wahrscheinlich irgendwas an«, meinte Till und ging einen Flur entlang, an dessen Ende eine Tür halb offen stand. Till
klopfte kurz und trat dann ein. »Herr Schwericke?«

Ein kleiner runder Kopf schoss hinter einem Schreibtisch hoch.
»Oh. Hoher Besuch. Der kleine Hemps.«

»Polizeimeister Hempel«, berichtigte Till. »Und mein Assistent.« Till deutete auf Jannek.

Herr Schwericke strich sich die wenigen Haare nach hinten,
deutete auf die beiden Stühle vor dem Schreibtisch und ver-
hakte dann die Hände auf dem Tisch. »Was verschafft mir die
Ehre?«

Till und Jannek setzten sich. »Wir sind hier wegen dem Fall Schelk«, begann Till.

Herr Schwericke zog die Augenbrauen hoch, wobei das Muttermal auf der Stirn sich eigenartig verformte. »Ich dachte, darum kümmert sich die Kripo in Sandemünde?«

»Das stimmt. Aber für die Arbeit vor Ort brauchen sie unsere Unterstützung«, erklärte Till. »Was meinen Sie, was die Kollegen alles um die Ohren haben? Die Kriminalitätsrate und der Personalmangel sind proportional zueinander ansteigende Größen.«

Jannek schaute aus dem Fenster und presste die Lippen aufeinander.

»Na schön. Was wollt ihr wissen? Aber macht es schnell, ich habe noch einen Stapel Rechnungen durchzusehen.«

»Sie kannten Frank Schelk?«, fragte Till mit ernster Miene.

»Na klar kannte ich Schelk. Wenn ihr das noch nicht mitbekommen habt, seid ihr ja ein ziemlich verschlafener Haufen.« Schwericke schüttelte den Kopf.

»Können Sie sich erinnern, ob Sie Frank Schelk seit seinem Weggang nach Berlin und bis vor seinem Tod noch mal hier in der Gegend gesehen haben?«, fragte Jannek.

»Konkret: Ist Schelk vor fünf Jahren noch mal bei Ihnen gewesen oder haben Sie ihn irgendwo getroffen?«, nahm Till wieder die Gesprächsführung in die Hand.

Schwericke beachtete Till nicht weiter und betrachtete Jannek einen Moment schweigend. »Bist du auch aus der Gegend?«

Jannek nickte. »Wieso?«

»Du erinnerst mich an jemanden.«

»Wahrscheinlich kannten Sie meinen Opa. Heinz Jensen.« Schwericke schüttelte langsam den Kopf. »Das ist es nicht.«

»Herr Schwericke. Könnten Sie bitte meine Frage beantworten?«, meldete sich Till zu Wort.

Schwericke beugte sich über den Tisch zu Till, sah ihm direkt in die Augen und sagte laut: »Nein. Ich habe Schelk nicht vor fünf Jahren getroffen und er hat mich auch nicht besucht. Aber vielleicht fragt ihr mal im Dorf rum. Da wissen andere möglicherweise mehr.«

»Wie meinen Sie das?«, fragte Jannek.

Schwericke atmete lautstark aus, als hätte er es mit besonders begriffsstutzigen Gesprächspartnern zu tun. »Na ja, ich bin ja hier auf dem Hof etwas ab vom Schuss. Wenn Schelk in Ribberow oder Großkumerow war, dann habe ich das wahrscheinlich gar nicht mitbekommen. Außerdem habe ich vor fünf Jahren für ein paar Monate mit einem Schenkelhalsbruch in Sandemünde im Krankenhaus gelegen. Falls ihr noch nach meinem Alibi fragen wolltet – voilà!«

»Wir können das überprüfen, das wissen Sie?«, fragte Till.

Schwericke verzog das Gesicht zu einem gequälten Grinsen. »Hör auf, Hemps, ich bekomme Angst.«

»Was hat Schelk eigentlich damals bei der LPG-Auflösung genau als ihr Assistent gemacht?«, fragte Jannek.

»Genau was du hier als Assistent machst. Er hat schlaue und weniger schlaue Fragen gestellt und mit den Leuten geredet. Ich habe den Papierkram erledigt, und er hat mit den Mitgliedern verhandelt. Er konnte gut mit Menschen.«

»Besonders mit Frauen«, warf Till ein.

»Ja. Auch das ist eine nützliche Begabung.«

»Und was hat er dafür bekommen, dass er den ehemaligen Mitgliedern einen schlechten Deal angedreht hat?«, fragte Till.

Herr Schwericke lachte kurz auf und schüttelte den Kopf. »Wollt ihr die Suppe jetzt wieder aufwärmen? Wie dem Polizeimeister Hempel bekannt sein dürfte, gab es bereits eine Überprüfung. Zu dem Thema müsste es mehrere Aktenordner geben. Es ist damals alles rechtens gelaufen. Schelk hat für seine Arbeit ein Gehalt bekommen und da er kein Interesse an der Landwirtschaft hatte, hat es ihn dann in die Hauptstadt gezogen. Schluss und Aus.«

»Vielleicht war Schelk dieses Gehalt im Nachhinein ja zu gering?«, mutmaßte Till, der sich zu Schwerickes Schreibtisch vorgebeugt hatte.

Schwericke lehnte sich mit seinem kurzen Oberkörper zu Till, sah ihn einen Augenblick an und sagte dann langsam: »Nein. War es nicht.« Dann lehnte er sich wieder zurück und nahm sich einen Aktenhefter vom Stapel am Schreibtischrand. »Könntet ihr jetzt woanders Räuber und Gendarm spielen? Ich habe zu tun.«

Jannek stand als Erster auf und zog Till, der einen roten Kopf bekommen hatte, am Uniformärmel. Till machte den Mund auf, doch Jannek schüttelte nur den Kopf und sagte leise: »Komm.«

Als sie bereits an der Tür waren, drehte er sich noch mal um. »Mochten Sie Frank Schelk eigentlich?«

Schwericke blickte vom Hefter auf und sagte eine Weile nichts. »Wir haben uns gut verstanden, auch viel gelacht und gefeiert. Aber ob ich Schelk mochte? Darüber habe ich nie nachgedacht. Er war einfach nicht der Typ, der einem zum Freund werden konnte.« Schwericke musterte Jannek. »Aber er war nicht verkehrt. Er hat es nur nie anders gelernt.«

Kaum saßen Till und Jannek wieder im Auto, fluchte Till los: »Dieser verdammte, verlogene, arrogante Fettarsch! Was nimmt der sich raus, uns so zu behandeln? Räuber und Gendarm!«

Jannek erwiderte nichts und sah aus dem Seitenfenster. Er kniff die Augen etwas zusammen und die Stoppelfelder flogen in Gold und Braun vorbei. Am blauen Himmel trieb eine einzelne, zerzauste Wolke.

»Ich sag dir: Die große Klappe, die der hat, das ist alles nur Schutz und Tarnung. Bei dem ist der Dreck am Stecken so hoch wie bei den Transen die High Heels.«

Jannek wandte sich zu Till. »Kann schon sein, dass der in seinen Biobauernhof schmutzige Gelder gesteckt hat. Aber offenbar kann man ihm nichts nachweisen. Und ich glaube nicht, dass er bei der Sache mit Schelk gelogen hat.«

»Nur, weil er im Krankenhaus war?« Till schnaufte. »So einer wie der mordet doch sowieso nicht selbst. Wenn, dann hat er den Mord in Auftrag gegeben. Er kann mit Ganzkörpergips im Krankenhaus gelegen haben, während ein anderer für ihn Schelk im Weiher versenkte. Und die Sache mit der Überprüfung von der LPG-Auflösung und dass angeblich alles rechtens war, das sehe ich mir heute noch bei den Kollegen in Sandemünde an. Dabei kann ich gleich noch die Vergewaltigungsgeschichte überprüfen.«

Während Till Jannek nach Hause fuhr, hing dieser seinen Gedanken nach. Till hatte natürlich recht damit, dass Schwericke jemanden mit dem Mord beauftragt haben konnte. Jannek wusste nicht viel über den Biobauern. Er erinnerte sich nur, dass sein Opa oft gesagt hatte, Schwericke hätte die richtige Mischung aus Bauernschläue und Dreistigkeit, um es weit zu bringen. Und immerhin war er jetzt der größte Arbeitgeber der Gegend. Janneks Opa hatte die letzten Jahre auch noch ab und zu für ihn gearbeitet.

Was hatte Hanne damit gemeint, dass er Opa nach dem Pflugteil in der Scheune hätte fragen müssen? Wenn Sabine aus dem Dorfkrug keinen Unsinn erzählt hat, dann muss Schelk in den letzten sieben Jahren einmal hier gewesen sein. Irgendwie hing alles zusammen, die LPG-Geschichte, der Pflugteil in der Scheune, Schelks Ausreise, aber es ergab noch keinen Sinn. Das Einzige, was Janneks Meinung nach immer unlogischer erschien, war der Verdacht auf einen Geschäftsmann in Berlin.

Till setzte Jannek vor Hannes Haus ab. »Vielleicht ruf ich heute Abend noch mal an. Morgen arbeite ich nur bis Mittag. Ich kann dann gleich bei dir vorbeikommen oder kommst du rüber?«

»Ich komme zu dir.«

Till bog wieder auf die Hauptstraße, und Jannek ging ins Haus.

Am nächsten Tag verließ Jannek gleich nach dem Mittagessen das Haus. Gestern war er froh gewesen, dass er sich aus der Bibliothek in Sandemünde noch ein Buch ausgeliehen hatte. Es war ein bereits ziemlich zerfledderter Bestseller, in dem es um die Zerstörung der Welt durch einen Virus ging, aber er hatte Jannek halbwegs gut durch den gestrigen Abend gebracht.

Kurz bevor Jannek ins Bett gehen wollte, hatte Till noch angerufen. Offenbar stimmte Schwerickes Geschichte mit der Überprüfung der LPG-Auflösung. Auf dem Papier hatte der Chef des Biobauernhofs eine weiße Weste. Till hatte sogar im Krankenhaus angerufen. Schwericke lag tatsächlich vor fünf Jahren von August bis November mit Schenkelhalsbruch in der Klinik. Der Todeszeitpunkt von Schelk konnte mittlerweile genauer auf September eingekreist werden. Till traute Schwericke trotzdem nicht und hielt an seiner Theorie vom Auftragsmord fest. Und was die Vergewaltigung betraf – diese Spur führte auch in eine Sackgasse. Schelk war damals, offenbar zu Unrecht, unter die Verdächtigen geraten. Mehr nicht.

Bevor Jannek zu Till ging, wollte er sich im Dorfkonsum noch etwas zu trinken kaufen. Auf dem Festplatz lagen jetzt schon

Stangen und eine Plane für das Festzelt, und am Rand standen ein paar Bierbänke. Jannek sah Till schon von Weitem. Er stand vor dem Konsum und redete mit der Frau mit der Opernstimme. Sie fuchtelte mit den Händen, als wollte sie abheben.

»He, J.J.!«, begrüßte ihn Till. »Komm mal her, das musst du dir anhören. Regina erzählt gerade, dass Schelks Verlobte durchs Dorf tippelt.«

»Schelk hatte eine Verlobte?«

»Ja! Ich dachte ja auch, die macht Scherze«, legte Regina los, die sich offenbar freute, dass ihr Zuhörerkreis sich verdoppelt hatte. »Kommt hier reingeschneit wie aus 'm Varieté. Hat 'nen Rock an, nicht breiter als 'n Pionierhalstuch, so 'ne Stöckelschuhe«, Regina riss Zeigefinger und Daumen so weit auseinander wie es ging, »ein Oberteil, durchsichtig wie Frischhaltefolie und Farbe im Gesicht wie Clown Popow.«

»Und wo kam sie her?«, fragte Jannek.

»Direktemang aus Berlin. Sie hatte wohl die ganzen Jahre gedacht, Schelk hatte sich ohne sie nach China verdünnisiert. Doch dann hat sie von seinem Tod erfahren und sich auf den Weg nach Ribberow gemacht«, erklärte Regina im hohen Singsang.

»Weil sie sich um die Beerdigung kümmern will?«, fragte Jannek.

Till lachte und schüttelte den Kopf. »Um abzuzocken.«

Jannek blickte fragend von Till zu Regina. »War Schelk reich?«

»Na ja, auf jeden Fall hat ihm wohl laut der Verlobten das ehemalige Hotel an der Ausfahrtstraße nach Neustraulitz gehört. Und sie behauptet, sie hätte Anspruch darauf«, erklärte Regina.

»Da gab es mal ein Hotel?«, fragte Jannek Till.

»Ja, aber das lief nur ein paar Jahre. Alle Angestellten kamen von außerhalb und keiner wusste so richtig, wer der Besitzer war. Wir dachten, es sei irgendein Ortsfremder. Doch scheinbar war es kein anderer als Schelk.«

»Aber dann muss er doch ab und zu im Hotel vorbeigesehen haben«, meinte Jannek.

Till zuckte mit den Schultern. »Nicht unbedingt. Wahrscheinlich hatte er vor Ort einen Manager und alles von Berlin aus gedreht.«

»Von wann bis wann gab es denn das Hotel?«, fragte Jannek.

»Keine Ahnung, aber das lässt sich leicht rausfinden.«

Regina räusperte sich und fuhr sich durch die Haare. »Na ja, ich muss dann mal weiter«, sagte sie und wandte sich ab. Wahrscheinlich hatten die Zuhörer für ihren Geschmack zu lange selber geredet.

»Warte mal!«, rief Till. »Wo ist diese Verlobte denn jetzt?«

Ohne sich umzudrehen, rief Regina: »Wo man solche Halbweltdamen immer findet. An der Bar.«

Auf einmal hörte Jannek den Kies dicht hinter sich knirschen und drehte sich um. Vor ihm stand Rike mit dem Fahrrad. Sie blies sich eine Haarsträhne aus der Stirn. Ihre Wangen waren leicht gerötet und auf der Nase erkannte Jannek eine kleine Schweißperle. »Bist du wieder einen neuen Rekord gefahren?«, fragte er.

»Nein. Wie denn, ohne Trainingspartner?« Rike lächelte kurz.

Till schob sich neben Jannek. »Hallo, Rike. Lange nicht gesehen.«

Rike nickte. »Habt ihr euch mit dem neuesten Klatsch und Tratsch abfüllen lassen?«, fragte sie und deutete mit dem Kinn auf Regina, die auf der anderen Festplatzseite bereits den nächsten Zuhörer gefunden hatte.

»Hast du es auch schon gehört?«, fragte Till.

»Nein. Und falls es um meinen Vater geht, will ich es auch gar nicht wissen.«

Till schüttelte den Kopf und erzählte Rike von Schelks Verlobter und dem Hotel.

»Von dem Hotel habe ich gehört«, sagte Rike, dann zögerte sie einen Moment. »Meine Mutter hatte sich dort mal beworben. Ist einfach hingegangen und hat an der Rezeption nachgefragt. Aber das lief wohl nicht so gut. Zumindest kam sie ziemlich verstört und ohne Job nach Hause.« Rike hielt inne. »Angeblich sollte das Hotel auf Kajaktourismus spezialisiert sein. Ich habe dort nie Kajaks gesehen, nur ab und zu ein paar Autos mit fremden Nummernschildern.«

»Ortsfremde Nummernschilder? Keine Angestellten aus der Gegend.« Till kratzte sich am Kinn, wo ein paar winzig kleine blonde Stoppeln wuchsen. »Vielleicht war das Ganze gar kein Hotel, sondern eine Art Außenfiliale von Schelk, in der er seine krummen Geschäfte abgewickelt hat.«

»Hat deine Mutter irgendetwas über das Hotel erzählt, nachdem sie dort war?«, fragte Jannek.

»Sie hat kein Wort mehr darüber verloren. Wir dachten, dass ihr die Absage peinlich war.«

»Wenn das Hotel tatsächlich nur Tarnung war und Schelk dort irgendwelche Deals gedeichselt hat, dann hat mein Vater vielleicht doch recht, und ein unzufriedener Geschäftspartner hat bei Schelk das Licht ausgeknipst«, überlegte Till laut.

Jannek nickte langsam. »Zumindest wäre es nicht mehr so unlogisch wie die Geschichte mit dem Geschäftsfreund aus Berlin, der mit Schelk extra nach Ribberow fährt, um ihn zu ermorden.«

Rike sah die beiden Jungen mit hochgezogenen Augenbrauen an. »Kann es sein, dass ihr Sonntagabend zu viel Fernsehen guckt?«

»Hör dir das an, J.J.! Da leiste ich sogar in meiner Freizeit erstklassige Polizeiarbeit und werde dafür verspottet.«

Rike grinste. »Warum verhörst du nicht einfach die Verlobte? Vielleicht weiß die, was in dem Hotel – oder was auch immer das war – vor sich ging.«

Tills Wangen leuchteten kirschrot. »Ob du es glaubst oder nicht: Genau das war mein Plan. Kommst du mit? Sie soll im Dorfkrug sitzen.«

Rike zögerte.

»Mein Assistent kommt natürlich auch mit, oder?«, fragte Till Jannek.

Jannek nickte, und sie machten sich zu dritt auf dem Weg zum Dorfkrug.

Die Verlobte saß nicht an der Bar. Dort befand sich nur Knubs auf seinem Stammplatz, wie mit der Bar verwachsen. Am Stammtisch löffelte der Opa, den Jannek im Konsum getroffen hatte, eine Suppe und schlürfte lautstark. Jannek sah sich um und entdeckte links neben der Tür an einem Ecktisch eine Frau, auf die Reginas Beschreibung passte und die außerdem bis auf Sabine hinter der Bar und Rike neben ihm die einzige Frau in der Kneipe war. Till und Rike hatten sie auch gesehen und gingen auf den Tisch zu.

»Entschuldigung«, sagte Till. »Ist hier noch frei?«

Die Frau, die gerade von ihrem Bier getrunken hatte, verschluckte sich fast. Sie fuhr sich mit dem Handrücken über den Mund und blickte an den drei neuen Gästen vorbei auf die leeren Tische im Dorfkrug. »Sucht ihr Anschluss, oder was?«

»Heißt das, wir können uns setzen?«, fragte Till und nahm sich einen Stuhl, als die Frau nickte. Jannek und Rike setzten sich ebenfalls.

Auf einmal stand Sabine neben ihnen. »Wollt ihr och watt trinken oder seid ihr nur wegen der juten Luft hier?«

»Nur wegen der Luft«, sagte Rike.

Sabine rümpfte die Nase. »Dachte ick mir.« Dann verschwand sie wieder hinter der Bar.

Till legte ein Vertreterlächeln auf. »Hallo. Ich bin Till, und das sind Jannek und Rike«, sagte er und deutete auf die anderen.

Die Frau hatte den Kopf tief zwischen die Schultern gezogen und blickte sie mit großen dunklen Augen an. »Ich bin Nicole.« Sie nahm einen weiteren Schluck von ihrem Bier. »Und was wollt ihr? Seid ihr Pfadfinder oder von irgendeiner Sekte und wollt mich auf den richtigen Weg bringen?«

»Sehen wir etwa so aus?« Till schien ernsthaft beleidigt. »Wir haben ein paar Fragen zu Frank Schelk und seinem Hotel. Sie sind doch Schelks Verlobte, richtig?«

»Nein. Falsch. Ich WAR«, erwiderte die Frau, deren Kopf sich beim letzten Wort hochgeschraubt hatte und jetzt wieder zwischen den Schultern versank. »Falls ihr es noch nicht mitbekommen habt: Dieser Parasit ist tot. Und darauf trinke ich einen. Prost!« Die Frau hob ihr Glas und nahm mehrere Schlucke nacheinander.

»Aber haben Sie ihn denn nicht …?«, begann Rike, »ich meine, Sie waren doch verlobt mit ihm.«

Die Frau prustete, und ein paar Bierspritzer landeten auf dem abgenutzten Holztisch. Dann hielt sie inne, sah Rike nachdenklich an und spitzte die Lippen. Jannek fand, dass Schelks Verlobte nicht gerade eine schöne Frau war. Sie sah schräg aus, eher wie so eine Type. Obwohl sie bestimmt Mitte oder sogar schon Ende dreißig war und ihre Haut an eine alte Kartoffel erinnerte, hatte sie noch etwas Mädchenhaftes. Aber Reginas Beschreibung war übertrieben. Durch das lilafarbene Oberteil – das zugegeben fürchterlich aussah – konnte man so gut wie gar nichts erkennen, und die Verlobte war nicht mehr geschminkt als manche Mädchen in Janneks Klasse. Aber warum sich ein Frauenheld wie Schelk mit dieser Nicole verlobt haben sollte, war Jannek ein Rätsel.

»Na ja«, begann die Frau langsam. »Am Anfang habe ich mich natürlich schon in ihn verguckt, wie tausend andere auch. Da war etwas in seinen Augen. Die waren nicht nur einfach dunkelbraun. Die waren fast schwarz und abgrundtief. Und er hat mir natürlich Millionen Versprechungen gemacht. Der konnte vielleicht reden! Der hätte dem Papst Kondome verkauft. Aber dann …« Nicole schüttelte den Kopf und trank das Bier mit einem Zug aus. Sie hielt das leere Glas in die Höhe und rief: »Bedienung! Noch eins!« Nicole lehnte sich zurück. »Dann habe ich mitbekommen, dass er nicht nur etwas mit anderen Frauen neben mir laufen hatte, sondern dass er mich sogar sitzen lassen und einfach zu den Chinesen abhauen wollte. Allerdings habe ich es zu spät mitgekriegt. Nur ist er nicht in China, sondern in einem Weiher abgetaucht. Aber das wusste ich erst, als ich zufällig eine kleine Meldung in der Zeitung gelesen habe.«

Sabine stellte ohne Kommentar ein neues Bier vor Schelks Verlobte und nahm das leere Glas mit.

»Und was ist mit dem Hotel?«, fragte Till.

»Welches Hotel?«

»Na, das Haus an der Ausfahrtstraße nach Neustraulitz.«

»Tja, ich dachte, da wäre noch was zu holen. Aber von wegen! Keinen Cent hat er mir hinterlassen. Nichts als Schulden. Das Haus gehört der Bank.« Nicole griff nach dem neuen Bier.

»Und wieso sind Sie dann extra nach Ribberow gekommen?«, fragte Jannek.

»Ich wollte mir das Haus mal ansehen. Hätte ja sein können, dass noch irgendwelche halbwegs wertvollen Sachen drinstehen. Aber vergiss es. Die reinste Gerümpelbude! Nichts, absolut nichts hat er mir hinterlassen. Hat sich einfach aus dem Staub gemacht.«

»Aus dem Staub gemacht ist gut«, meinte Till. »So ganz freiwillig ist er ja nun nicht gegangen.«

»Na ja, so wie der mit den Leuten umgesprungen ist … Ehrlich gesagt: Mich wundert's nicht«, sagte Nicole.

»In dem Hotel«, begann Jannek. »Ich meine, in dem Haus an der Ausfahrtstraße, hat Frank Schelk sich dort mit Geschäftsfreunden getroffen?«

Nicole lachte kurz und schrill auf. »Wohl eher mit Geschäftsfreundinnen.«

Jannek zog die Augenbrauen zusammen. »Wieso …?«

»Du bist echt süß, Kleiner. Bist wohl noch nicht viel aus deinem Dorf rausgekommen, was? Mann, das war kein Hotel, sondern ein Bordell. Ein Puff, ein Freudenhaus, ein Liebestempel – wie immer ihr es nennen wollt.« Nicole sah belustigt die drei erstaunten Gesichter ihr gegenüber an.

»Was? Ein Bordell? Hier in Ribberow?« Till machte ein Gesicht, als wäre sein Weltbild vollkommen zerstört. »Aber wieso wusste keiner im Dorf etwas davon?«

»Schelk hat es mir mal erklärt. Er hatte das Haus vor Ewigkeiten für einen Pfifferling gekauft. Irgendwann kam er mit seinen Kompagnons in Berlin auf die Idee, einen Puff aufzumachen, sowohl für eigene Zwecke als auch für Freunde und Geschäftspartner, denen man einen Gefallen tun oder einen Deal versüßen wollte. Es war also kein richtiges offizielles Bordell, sondern mehr ein Privatclub. Und da Schelk meinte, im Dorf wäre man sowieso nicht gut auf ihn zu sprechen und er sich keine Anzeige von allzu neugierigen Dorfbewohnern einhandeln wollte, lief eben alles total geheim. Ich glaube, er selber war höchstens zwei- oder dreimal dort.«

»Anscheinend zum letzten Mal vor fünf Jahren«, sagte Till.

»Kann sein, dass er dort vorbeigeschaut hat. Aber seine Leiche haben sie immerhin nicht im *Hotel*, sondern im Weiher gefunden.« Nicole trank und sah Till danach herausfordernd an.

»Ja und? Schelk war bereits tot, als man ihn in den Weiher geworfen hat.«

»Ich bin heute die Strecke vom Weiher zum Bordell gelaufen und habe dafür eine Dreiviertelstunde gebraucht. Und das lag nicht nur an meinen Schuhen. Meinst du denn echt, dass der Mörder Schelk im Puff getötet, dann die gesamte Strecke zum Weiher geschleppt und nebenbei noch von irgendwoher einen Ackerpflug gezaubert hat? Wozu?« Nicole hatte den Kopf wieder wie eine Schildkröte zwischen die Schultern gezogen und sah ihre Tischnachbarn fragend an. »Wozu schleift man eine Leiche von einem entlegenen Haus in der Nähe eines dichten Waldstücks an den Dorfrand und versenkt sie dort im Weiher?«

Till fuhr sich durch die Haare. »Das war eben ein makaberer Scherz. Mörder handeln nicht unbedingt rational.«

»Ach? Aber zu Scherzen sind sie noch aufgelegt?« Nicole zog die Augenbrauen hoch und das Weiß ihrer Augen leuchtete auf.

»Was denken Sie denn über den Mord?«, fragte Jannek leise. Nicole lehnte sich zurück und sah einen nach dem anderen lange an. An Jannek blieb ihr Blick einen Moment hängen und sie runzelte die Stirn, dann sagte sie langsam: »Ich denke nur, dass Schelk hier in der Gegend genug Feinde hatte. Vielleicht hatte jemand das mit dem Puff herausgefunden, Schelk erpresst oder einfach nur eine alte Rechnung zu begleichen.«

»Wie kommen Sie darauf? Hat Schelk irgendetwas erzählt?«, fragte Till, der beide Arme auf den Tisch gelegt hatte und sich zu Schelks Verlobter hinüberlehnte.

Nicole zögerte, und in dem Moment sah Jannek zu Rike. Sie

blickte mit starren Augen auf die Tischplatte und ihr Gesicht wirkte in dem Kneipenlicht gräulich weiß. Jannek beugte sich zu ihr und berührte sie leicht am Ellenbogen. »Ist dir nicht gut? Willst du rausgehen?«

Rike sah Jannek verstört an, als hätte er sie aus einem Traum gerissen, dann nickte sie schwach. Sie standen auf und Jannek sagte zu Till: »Wir gehen nur kurz vor die Tür, Luft schnappen.«

Till blickte unentschlossen von Jannek zu Rike, dann nickte er, und Jannek verschwand durch den dicken braunen Vorhang und die Tür mit Rike nach draußen. Sie setzten sich auf die Steintreppe vor dem Dorfkrug. »Was ist los? Du warst auf einmal ganz blass«, fragte Jannek und musterte Rike. Eine lockige Strähne hing ihr ins Gesicht und Jannek hätte sie ihr am liebsten aus der Stirn gestrichen.

»Ich …«, Rike stockte. »Ich hab mich auf einmal erinnert.«

»An den Fremden damals im Dorf?«

»Nein. An meine Mutter.« Rike schwieg einen Moment, dann holte sie tief Luft. »Als diese Nicole von dem Bordell erzählte, musste ich wieder an den Tag denken, an dem meine Mutter von ihrer Bewerbung im *Hotel*«, Rike schnaufte, »zurückkam.«

»Meinst du, sie hat gewusst, was in dem Haus passierte?«

»Ich bin mir jetzt ziemlich sicher. Das würde erklären, warum sie so verstört war und uns nichts erzählt hat. Wahrscheinlich durfte sie nichts sagen.«

»Du meinst, ihr wurde etwas angedroht, damit sie schwieg?« Rike nickte.

Jannek strich ihr kurz über die Schulter. Er hätte gerne etwas Tröstendes oder Aufheiterndes zu ihr gesagt, doch nichts schien ihm passend.

»Aber das ist nicht alles«, fuhr Rike nach einer Weile leise fort.

»In den Tagen, bevor meine Mutter … bevor sie sich das Leben nahm, hat sie angefangen, Selbstgespräche zu führen. Sie dachte, sie sei allein, aber ich habe sie oft gehört.« Rikes Stimme war nur noch ein Flüstern. »Es waren immer nur einzelne Wörter und ich habe sie nicht so genau verstanden, aber was ich ganz sicher gehört habe, war ›Schuld‹ und ›Tod‹. Damals dachte ich, es hat mit ihrem Bruder zu tun.« Rike stockte und strich sich die Strähne aus dem Gesicht.

»Was ist mit ihrem Bruder?«, fragte Jannek leise.

»Er ist tot.«

Jannek wartete und schwieg. Er merkte, dass Rike nach den richtigen Worten suchte.

Dann fuhr sie fort: »Es war ein Unfall, haben die anderen gesagt. Holger war zwei Jahre älter, er wollte seine kleine Schwester beschützen. Sie war damals erst zehn. Aber die anderen Jungs waren zu viele. Und sie waren älter. Sie verfolgten Holger, jagten ihn wie ein Tier. Es war im dritten Stock einer Bauruine. Der Balkon hatte kein Geländer. Meine Mutter konnte nur zusehen.«

»Er ist … ist aus dem dritten Stock gestürzt?«

Rike nickte. Sie wandte einen Moment den Blick ab. »Es ist schon lange her«, sagte sie dann schnell. »Trotzdem hatte meine Mutter noch Schuldgefühle. Deswegen dachte ich, ihre Selbstgespräche über Tod und Schuld hätten mit Holger zu tun. Aber jetzt … Was, wenn Schelk sie wirklich bedroht hat? Wer weiß, was er ihr angedroht hat, und wer weiß, was sie dann getan hat?« Rike sah Jannek mit weit aufgerissenen Augen an, dann stand sie abrupt auf.

»Rike! Warte! Das ist doch alles total …«

Doch Rike hatte sich bereits ihr Fahrrad genommen und fuhr auf der Hauptstraße davon.

ZEHN

»Ich verstehe jetzt, was Schelks Verlobte meint«, sagte Till, als er um das heruntergekommene Haus lief, in dem Schelk früher seinen Privatclub betrieben hatte. »Hätte man die Leiche in dem Wald verscharrt, hätte man sie in hundert Jahren nicht gefunden.« Die Kiefern standen so dicht, dass kaum Licht auf den Waldboden drang.

Jannek versuchte durch eins der Fenster zu sehen, aber es dämmerte schon, und er konnte nur grob die Umrisse eines leeren Raums erkennen. »Ich vermute, der Mörder hat Schelk im Dorf nicht weit vom Weiher umgebracht.«

Till nickte. »Der Weiher muss im wahrsten Sinne des Wortes nahe liegend gewesen sein, sonst wäre der Mörder wohl kaum auf die Idee gekommen.«

»Vielleicht hat sich Schelk mit irgendjemandem im Dorf getroffen?«, überlegte Jannek laut.

»Oder er hat mit seinen Kompagnons dem Dorfkrug einen Besuch abgestattet, weil ihnen im Privatclub das Bier ausgegangen war.«

»Ich verstehe nur nicht, warum keiner im Dorf Schelk vor fünf Jahren gesehen hat«, meinte Jannek. »Irgendjemand kriegt hier doch normalerweise immer etwas mit.«

Till lachte kurz auf. »Das stimmt. Egal wie spät oder wie besoffen wer auch immer nach Hause kommt, irgendjemand sieht es. Am besten, wir quetschen Sabine noch mal aus. Die hört an der Bar allerhand und kann es meistens nicht für sich behalten.«

Jannek nickte. »Hier gibt es jedenfalls nichts mehr zu holen.«
Er deutete auf das Haus.

»Wahrscheinlich hat Schelk alles dichtgemacht, bevor er nach
China wollte. Und was war vorhin mit Schelks Verlobter? Hast
du aus der noch etwas herausbekommen?«

»Die hat nur noch heiße Luft geredet und ist wieder zurück
nach Berlin.« Till kratzte sich am Nacken. »Sag mal, was war
eigentlich mit Rike vorhin los?«

Jannek zögerte.

»Schon gut, du musst es nicht erzählen«, murmelte Till und
winkte ab.

»Nein. Warte. Sie war … sie war total durcheinander. Ich glaube, sie denkt, dass ihre Mutter etwas mit dem Mord an Schelk
zu tun gehabt hat.«

»Ihre Mutter? War die da nicht schon …?«

Jannek schüttelte den Kopf. »Schelk ist im September gestorben und Rikes Mutter im Oktober.«

»Aber wie kommt Rike denn darauf?«

Jannek erzählte, woran Rike sich erinnert hatte.

Till schwieg einen Moment. »Hm. Das wäre ja heftig. Ich kannte Frau Steinmann nicht so gut, aber sie war von der Familie die-
jenige, die sich noch am meisten im Dorf blicken ließ.« Till runzelte die Stirn. »Wie soll sie denn Schelk umgebracht haben? Sie
war eine zierliche Frau. Nicht klein, aber sie hatte etwas Zer-
brechliches an sich. Falls irgendwas an der Geschichte dran sein
sollte – was ich für Rike nicht hoffe – dann kann ihre Mutter das
nicht allein gemacht haben. Was denkst du denn?«

»Ich kann mir nicht vorstellen, dass Rikes Mutter damit etwas
zu tun hatte. Aber vielleicht will ich es mir auch nur nicht vorstellen. Immerhin kannte ich sie überhaupt nicht.«

»Hast du Rike von dem Pflugteil bei euch in der Scheune erzählt?«

Jannek schüttelte den Kopf. »Sie war zu schnell weg. Wie immer.«

»Ja, abhauen und den anderen verwirrt stehen lassen ist ihre Spezialität.«

Till und Jannek schwiegen einen Moment und dachten nach. Dann gähnte Till. »Ich pack's heute nicht mehr lange. Machen wir morgen weiter? Dann können wir ja noch mal mit Rike reden und mit Sabine.«

»Okay. Vielleicht krieg ich heute Abend doch noch etwas aus Hanne raus«, sagte Jannek und stieg in Tills Auto.

Till setzte sich auf den Fahrersitz und lachte kurz auf. »Ja, oder vielleicht versuchst du mal, mit dem Holzklotz auf dem Hof zu reden. Ist bestimmt genauso aussichtsreich.«

Nachdem Till Jannek abgesetzt hatte, überlegte dieser, ob er noch mal zu Rike gehen sollte. Aber wahrscheinlich wollte sie allein sein oder mit ihrem Vater reden, und außerdem wäre das irgendwie gegen die Abmachung mit Till gewesen.

Hanne saß in der Küche und putzte Mohrrüben. Als Jannek hereinkam, blickte sie kurz auf. »Deine Mutter hat angerufen.«

»Gab es etwas Wichtiges?«

»Nein. Sie wollte sich nur mal melden und hören, dass wir viel Spaß miteinander haben.«

Jannek musterte Hanne. Sie verzog keine Miene. »Soll ich sie zurückrufen?«

»Übermorgen bist du doch sowieso wieder zu Hause.«

Jannek nahm sich einen Apfel und setzte sich gegenüber von Hanne an den Küchentisch. »Hast du gehört, dass Schelks Verlobte im Dorf war?«

Hanne hielt kurz inne und Jannek meinte, in ihren Augen einen Funken Neugierde zu erkennen. Doch dann wandte sie den Blick ab und sagte: »Ich interessiere mich nicht für Dorftratsch.«

»Schade, sie hatte ein paar spannende Sachen zu erzählen.«

Hanne schwieg und schnitt mit einem Hieb die grünen Büschel von drei Mohrrüben auf einmal ab.

»Das Haus an der Ausfahrtstraße nach Neustraulitz hatte Schelk gehört. Er hatte dort einen Privatclub. Wusstest du das?«

»Ich sagte doch schon: Das interessiert mich nicht. Weder Schelk noch seine Verlobte noch sein Haus.«

Jannek wusste, dass es nichts brachte, Hanne noch mal direkt nach dem Ackerpflug und den Ereignissen vor fünf Jahren zu fragen. Till hatte recht, sie war wie der Holzklotz auf dem Hof. Aber warum? Weil sie etwas wusste, etwas, das mit dem Mord an Schelk zu tun hatte? Oder wollte sie jemanden decken?

»Übrigens war sich die Verlobte sicher, dass Schelk vor fünf Jahren noch mal nach Ribberow gefahren ist, bevor er nach China auswandern wollte. Er hätte gemeint, er hätte hier noch eine Rechnung zu begleichen.« Das stimmte zwar nicht ganz, aber vielleicht konnte er Hanne so aus der Reserve locken. Jannek beobachtete sie. Sie schälte die Möhren jetzt wie in Zeitlupe.

»Warum interessierst du dich so sehr für Schelk?«, fragte sie langsam, hielt im Schälen inne und sah Jannek eindringlich an. Er lehnte sich zurück, als wäre Hannes Blick dadurch nicht mehr ganz so intensiv, und zuckte mit den Schultern. »Das tun doch alle.«

»Nein. Niemand im Dorf interessiert sich noch für Schelk. Die Leiche wurde gefunden, es gab ein wenig Aufregung, und nun ist wieder Ruhe. Nur dir scheint das nicht zu passen.«

Jannek wandte den Blick ab. Ein wenig stimmte es schon, was Hanne sagte. Bis auf die paar Gerüchte im Dorf über den Waldeinstein, die schnell wieder versiegt waren, schienen alle schnell das Interesse an Schelks Tod verloren zu haben. Sogar für Tills Vater war die Sache abgeschlossen und er arbeitete an einem neuen Fall. Nur, was war normaler? Die Ignoranz der Dorfbewohner oder Janneks Neugierde? Nur, weil es das ganze Dorf nicht interessierte, hieß es doch nicht, dass das richtig war. Oder? »Wahrscheinlich denkst du, ich suche nur nach einem spannenden Ferienerlebnis«, begann Jannek, »aber Tatsache ist doch: Es gab einen Mord in Ribberow, und der Mörder wurde noch nicht gefunden. Ich verstehe gar nicht, wie jemanden so etwas *nicht* interessieren kann. Ribberow ist doch nicht Rio, wo alle paar Minuten jemand um die Ecke gebracht wird.«

Als Hanne nichts erwiderte, fügte Jannek hinzu: »Und außerdem habe ich eine besondere Verbindung zum Toten.«

Hanne blickte auf. Ihre Augen schimmerten seltsam feucht. »Wie kommst du darauf?«

»Ich habe ihn gefunden.«

Abrupt stand Hanne auf und schob die Möhrenreste mit dem Arm vom Tisch in einen kleinen Eimer. »Weißt du, was Wilhelm Busch gesagt hat? Wenn über eine dumme Sache mal endlich Gras gewachsen ist, kommt sicher ein Kamel gelaufen, das alles wieder runterfrisst.«

»Und ich bin deiner Meinung nach das Kamel«, sagte Jannek.

»Wilhelm Busch war ein sehr kluger Mann. Wenn du schon nicht auf mich hörst, solltest du auf ihn hören. Deinem Opa zuliebe.«

»Wieso Opa zuliebe?« Jannek wollte, dass Hanne ihm in die Augen sah, aber sie ging in der Küche umher und räumte den Abwasch weg.

»Er mochte Wilhelm Busch sehr«, sagte Hanne und stellte eine Schüssel ins Regal.

»Hanne …« Jannek hielt inne. Wie konnte er sie fragen, ob sie oder Heinz etwas mit dem Mord zu tun hatten? Verdammt, so etwas konnte man doch nicht einfach fragen, oder? War es nicht so, dass der unfassbare Verdacht sich erst erhärtete, wenn er es aussprach? Jannek wurde klar, dass er Angst vor der Frage hatte. Und noch mehr vor der Antwort. Angst wie ein verschissenes Muttersöhnchen, fluchte Jannek stumm.

Hanne hängte ein Abtrockentuch an den Haken neben der Tür, wischte sich die Hände daran ab und drehte sich um. »Ja?« Ihre eisblauen Augen schimmerten in dem schwachen Licht der Küchenlampe.

»Ich …«, begann Jannek, dann schüttelte er den Kopf. Nicht heute. Morgen würde er sie fragen.

»Na dann: Gute Nacht«, sagte Hanne und ging aus der Küche.

Auf dem Festplatz wurden weitere Bierbänke aufgestellt. Es war kurz vor Mittag und ein paar Männer arbeiteten an einer kleinen Holzbühne.

»Für wen ist die denn?«, fragte Jannek Till, mit dem er am Rand des Platzes stand.

»Für Schwericke, der hält immer eine kleine Rede. Und für den Bürgermeister, wenn er denn kommt. Er ist nicht so der gesellige Typ und bekommt meistens kurz vor der Kirmes und anderen Festtagen eine schlimme Grippe.«

»Und was ist mit Musik? Gibt es eine Band?«

»Sicher doch. Die Easy Riders aus Großkumerow kommen.«

»Easy Riders? Gab es die nicht schon, als ich noch hier gewohnt habe?«

»Kann gut sein. Sind alles astreine Altrocker um die fünfzig.«

Jannek erinnerte sich auf einmal an etwas. »Hast du deinen Vater nach dem Foto von ihm und Schelk mit der Band damals gefragt?«

Till nickte. »Er war total erstaunt und ich glaube sogar ein bisschen sauer, dass wir dieses Foto aufgetrieben haben. An die Band konnte er sich kaum erinnern und meinte, der Auftritt mit Schelk war nur eine Ausnahme. Hab ich dir doch gleich gesagt.«

Jannek zog die Augenbrauen zusammen und musterte Till. »Und hast du deine Mutter nach diesem Badefoto gefragt?«

»Nee, das war mir dann doch zu peinlich. Mein Vater ist sowieso der eifersüchtige Typ. Wenn der dann noch von einem Bikinifoto von seiner Marianne und Schelk hört – selbst wenn es über zwanzig Jahre her ist –, dann ist er wieder eine ganze Woche muffelig.«

»Dietmar ist eifersüchtig? Das hätte ich nicht gedacht«, meinte Jannek.

»Na klar, aber wie! Fürchte, das hab ich von ihm geerbt.« Till grinste schief.

Jannek dachte einen Moment über Schelk, Dietmar und Marianne nach. Auf einmal fiel ihm etwas anderes ein. Er musterte Till. »Übrigens, was hältst du davon, wenn wir zu Rike gehen? Zusammen.«

»Warum?« Tills Wangen wurden sofort kirschrot. »Willst du sie vor die Wahl stellen?«

»Nein. Wegen der Geschichte mit ihrer Mutter und Schelks Privatclub. Vielleicht hat Rike sich wieder beruhigt und ihr ist noch etwas eingefallen. Oder ihr Vater kann uns etwas erzählen. Er erinnert sich bestimmt besser.«

»Marianne hat gesagt, sie hätte den Waldeinstein heute Morgen wie einen Irren durchs Dorf rennen sehen.«

»Ich dachte, er geht nie ins Dorf?«

»Tja, normalerweise nicht.«

»Vielleicht ist irgendetwas passiert«, sagte Jannek langsam. »Am besten, wir gehen gleich zu Rike.«

»Meinst du, ich … na ja.« Till sah an sich herab.

Jannek grinste. »Willst du dich etwa noch schick machen?«

»Quatsch.« Till steckte die Hände in die Hosentaschen. »Gehen wir.«

Die Jungen folgten der Hauptstraße und bogen dann auf den Kiesweg, der direkt zum einsamen Haus der Steinmanns führte. »Weißt du, wie ich mir vorkomme? Als wären wir zwei kleine Jungs, die bei Rikes Papa klopfen und fragen, ob Rike zum Spielen rauskommen darf«, meinte Till. »Hoffentlich ist der Waldeinstein gut gelaunt.«

»Ich glaube, Robert … Rikes Vater ist gar nicht verkehrt. Er ist eben anders drauf als die meisten im Dorf – was nicht unbedingt schlecht sein muss.«

»Willst du mir jetzt 'ne Moralpredigt über Toleranz und Anderssein halten? Vergiss es, J.J.!« Till schüttelte den Kopf, dann fuhr er fort: »Rein theoretisch ist das eine feine Sache, ich weiß. Aber praktisch müsstest du da sehr viele Krustenköppe einhauen. Die meisten Leute wollen hier oben ihre Ordnung.« Till tippte sich an die Stirn. »Die wollen nicht nachdenken über Neues oder Anderes. Denen ist das Leben so schon kompliziert genug. Die brauchen ihre Kisten, in die sie Gut und Böse, Richtig und Falsch einordnen, und dann kommt der Deckel drauf und fertig.«

»Na schön, dann gibt es eben Kisten. Aber da könnten sie doch zumindest ab und zu mal Inventur machen«, meinte Jannek.

»Inventur?« Till winkte ab. »Viel zu anstrengend.«

Sie waren nur noch wenige Schritte vom Haus der Steinmanns entfernt. Roberts Auto stand neben dem Schrotthaufen. Weder aus dem Haus noch aus dem Garten waren Geräusche zu hören. Jannek und Till blieben einen Moment vor der Wohnungstür stehen und lauschten.

»Vielleicht machen sie Mittagsschlaf«, flüsterte Till.

Jannek runzelte die Stirn. »Quatsch.« Dann klopfte er kräftig an die Tür.

Hinter dem kleinen Fenster neben der Tür bewegte sich kurz die Gardine und wenige Sekunden später wurde die Haustür aufgerissen. »Ist Rike bei euch?«, fragte Robert laut. Sein Atem roch nach Bier. Er hatte dieselbe löchrige schwarze Jeans und denselben grauen Pullover an wie das letzte Mal, als Jannek ihn gesehen hatte.

Till drehte sich um, als hätte Rike eben noch hinter ihm gestanden. »Nein.«

Jannek kam es so vor, als wären Roberts tief liegende Augen gerötet und als stünden seine Haare noch wilder in alle Richtungen ab. »Sie ist nicht zu Hause?«

Robert blinzelte und sah kurz zu Boden. Dann blickte er wieder zu Jannek und Till. »Kommt rein.«

Sie gingen in die Küche, und als Robert sich wortlos vor seine Flasche setzte, setzten sich die beiden nach kurzem Zögern ebenfalls an den Tisch.

»Robert, das ist Till«, sagte Jannek.

Robert nahm einen Schluck aus der Flasche. »Ich weiß, der Hilfssheriff. Wollt ihr auch eins?«, fragte er und hielt die Flasche hoch, woraufhin die Jungen mit dem Kopf schüttelten. »Vielleicht kann mir der Herr Hilfssheriff ja meine Tochter wiederbringen.«

»Wieso? Ist Rike verschwunden?«, fragte Till und rutschte auf dem Stuhl ein Stück nach vorne.

»Dieses Dorf bringt nur Unglück«, murmelte Robert mehr zu seiner Bierflasche als zu den Gästen.

»Was ist mit Rike?«, fragte Jannek.

»Sie ist weg. Kommt aus dem Dorf verstört nach Hause, und dann ist sie weg. Genau wie ihre Mutter.«

»Seit wann ist sie denn weg?«, fragte Till, dessen Wangen jegliche Farbe verloren hatten.

»Seit heute Morgen. Oder vielleicht ist sie auch schon in der Nacht los. Als ich heute Morgen aufwachte, war sie jedenfalls nicht mehr da, und ihr Fahrrad ist auch weg.« Robert kratzte mit dem breiten Daumen das Alupapier vom Bierflaschenhals.

»Vielleicht ist sie nur ganz früh losgefahren, um einzukaufen«, meinte Jannek.

»Ja, kann doch sein, Rike wollte Sie mit etwas überraschen«, stimmte Till zu.

Robert schüttelte den Kopf. »Wir haben ausgemacht, dass es solche Überraschungen nicht gibt. Rike sagt mir sonst immer Bescheid oder schreibt einen Zettel, bevor sie irgendwohin fährt. Immer. Wenn sie das nicht tut, gibt es einen Grund.«

»Sie kann in Eile gewesen sein«, versuchte Till Robert abermals zu beruhigen.

»Oder sie wollte dir einfach nicht sagen, dass sie wegfährt, weil …« Jannek hielt inne und sah zu Robert, der ihn gleichmütig betrachtete. Jannek begriff, dass es für Robert, der seine Frau verloren hatte, keinen normalen Grund für Rikes Verschwinden geben konnte. Außerdem wusste er, wie es war, wenn man nur zu zweit zu Hause war. Der andere war das Einzige, was blieb. »Was meintest du damit, dass Rike verstört nach Hause kam, genau wie ihre Mutter?«

»Ich weiß nur, dass dieses Dorf Unglück bringt. Wir hätten das Haus nie kaufen sollen.« Robert nahm einen weiteren Schluck.

»Was ist vor fünf Jahren passiert? Wann ist deine Frau verstört nach Hause gekommen? Nachdem sie in diesem Hotel nach einem Job gefragt hatte?«, hakte Jannek nach.

Robert setzte die Flasche wieder ab und blickte auf. »Hat Rike dir das erzählt?« Jannek nickte und Robert fuhr fort. »Ja, nach diesem Vorstellungsgespräch war sie auch ganz schön verwirrt, hat aber nichts darüber erzählt. Wahrscheinlich war der Laden nicht ganz sauber und es war ihr peinlich, dass sie sich dort beworben hatte. Aber das meine ich nicht. Nein. Es war schätzungsweise ein gutes halbes Jahr später. Wir … wir hatten uns wegen einer Kleinigkeit ein bisschen gestritten, und Helena wollte noch mal ins Dorf gehen. Ich aber nicht. Genau genommen ging es darum in unserem Streit. Na ja, jedenfalls ist sie allein gegangen. Sie wollte in den Dorfkrug.« Robert hielt inne und starrte an einen Punkt an der Wand hinter Till und Jannek. »Sie kam erst früh am Morgen nach Hause. Ich hörte, wie sie duschte. Bestimmt eine Stunde lang. Danach kam sie nicht ins Schlafzimmer. Ich suchte nach ihr im ganzen Haus und fand sie schließlich draußen. Sie saß auf einem Stein und starrte vor sich hin. Ihr Körper war eiskalt und als ich sie ansprach, reagierte sie nicht.« Robert holte Luft. »Ich trug sie ins Haus, wärmte sie. Sie blieb den ganzen Tag im Bett. Am nächsten Tag stand sie ganz normal auf, als wäre nichts gewesen. Dabei war alles anders. Helena war seit dieser Nacht vollkommen verändert. Sie redete kaum noch mit uns, führte Selbstgespräche, verschwand manchmal den ganzen Tag in den Wald oder wer weiß wohin. Ich … ich konnte meine Helena nicht mehr in ihr entdecken. Bis ich sie dann gefunden habe, als es zu spät war.« Robert fuhr sich mit der Hand übers Gesicht.

»Dieser Abend im Dorfkrug, das war im September vor fünf Jahren?«, fragte Jannek leise.

»September? Ja, gut möglich. Mitte oder Ende September.«

»Und Ihre Frau hat gar nichts erzählt?«, fragte Till.

»Natürlich habe ich versucht, etwas aus ihr herauszubekommen. Ich habe gefragt, ob ihr jemand etwas angetan hat oder sie belästigt wurde. Es war so offensichtlich, dass sie etwas quälte, dass sie mit sich kämpfte. Aber es war wohl zu groß gewesen.«

»Und du bist damals nicht ins Dorf gegangen und hast die Leute gefragt, ob sie wussten, was los war?«, fragte Jannek.

»Das wollte ich. Aber Helena hat mich angefleht, es nicht zu tun. Ich habe es ihr versprochen.« Robert stand auf und stellte die Bierflasche weg. »Scheißdorf. Bringt nur Unglück«, raunzte er. »Und jetzt ist Rike weg. Ich war heute schon in jeder Gasse in Ribberow und Großkumerow. Nichts. Möchte mal wissen, was sie gestern gestochen hat. Einfach so, weg!«

Till warf Jannek einen fragenden Blick zu, und Jannek schüttelte leicht den Kopf. »Also, ich habe den Eindruck, Rike verschwindet ganz gerne mal von einem Moment auf den anderen. Sie hat ihren eigenen Kopf und … na ja, sie wird eben erwachsen. Vielleicht wollte sie nur mal rebellieren.«

Robert zog die kräftigen graubraunen Augenbrauen hoch. »Rebellion?«

Jannek zuckte mit den Schultern. »Warum nicht?«

»Auf jeden Fall helfen wir Ihnen«, warf Till ein. »Wir hören uns im Dorf um und wenn Rike bis heute Abend nicht wieder auftaucht, dann kümmern wir uns um die Sache. Wir finden sie, ganz sicher.«

Robert lächelte kurz.

Jannek wusste, dass das nur ein kleiner Trost für ihn war.

ELF

Als Jannek und Till den Dorfkrug betraten, wurden sie von Sabine mit einem freundlichen »Wir ham jeschlossen!« begrüßt. Abgesehen von den Barhockern waren alle Stühle hochgestellt. Sabine wischte den Fußboden. Bis auf Knubs, der sich bereits wieder an der Bar an einem Bier festhielt, war die Kneipe leer.

»Hallo, Sabine«, sagte Till, ging an ihr vorbei und setzte sich auf einen Barhocker. Jannek folgte ihm und blieb an der Bar stehen.

»Watt wollt ihr denn hier? Mit Spezi warmglühen für det Dorffest?«

»Nein, wir wollen dir nur ein wenig den harten Arbeitstag versüßen und mit dir plaudern«, flötete Till, dass selbst ein Schwerhöriger misstrauisch geworden wäre.

Sabine schrubbte gerade über einen fußballgroßen dunklen Fleck auf dem Fußboden und hielt inne. »Plaudern?« Sabine kreischte kurz auf. »Knubs, haste jehört? Die jungen Herren wollen mit mir plaudern!« Sabine schüttelte den Kopf und ihr goldener Herzanhänger wackelte, als sie sich wieder über den Schrubber beugte.

»Du hast ja hier in der Kneipe sozusagen die Pole-Position«, erklärte Till und warf Jannek, der ihn mit fragenden Augen ansah, einen beruhigenden Blick zu. »Du bist immer am Start und immer ganz vorne mit dabei. Du kennst die Leute im Dorf am besten, denn jeder kommt mal zu dir und schüttet dir sein Herz aus. Und das würden sie nicht bei jeder

Barfrau tun. Sie wissen, dass sie dir vertrauen können. Du bist eigentlich keine Barfrau, sondern so etwas wie ... wie eine weise Dorfälteste, nur dass du natürlich noch blendend jung bist.«

Sabine hatte sich aufgerichtet, eine Hand in die Hüfte gestemmt, und hielt mit der anderen den Schrubber, den sie auf den Boden gestellt hatte. »Watt soll denn det Jesäusel?«, fragte sie und musterte Till, als wäre sie sich nicht ganz sicher, ob sie gerade verarscht wurde oder nicht.

»Nein, das meine ich ernst, Sabine. Glaub mir. Ich war schon in vielen Kneipen und Jannek hier erst recht.« Till legte den Arm um Jannek, und Jannek nickte unwillkürlich.

Sabine kicherte. »Klar doch, Spezi-Kampftrinken.«

»Jedenfalls kann ich dir eins garantieren: So eine herzliche, sensible Barfrau wie du ist eine Seltenheit. Da muss man lange suchen.« Till nickte ernst.

Jannek blickte schnell zu Boden und verkniff sich ein Grinsen. Hatte Till diese Einschleimtour in der Ausbildung gelernt?

»Ach, hör doch uff!«, sagte Sabine und tat so, als würde sie ein wenig schrubben. Jannek sah, dass sich auf ihrem Hals kleine rote Punkte ausbreiteten.

Knubs gab an der Bar eine Art Grunzen von sich.

»Aber glob mal ja nich, dass ick mir so schnell schmeicheln lasse. Ick weeß jenau, dass nüscht im Leben für umsonst is. Also, watt wollt ihr?«, zeterte Sabine auf einmal los.

Till seufzte. »Wir wollen nur ein paar Antworten. Aber ich habe das trotzdem ernst gemeint eben. Wenn du mir nicht glaubst, bin ich echt beleidigt.«

Jannek verdrehte innerlich die Augen. Wenn es Till mit solchen Sprüchen auch bei Rike versucht hatte – kein Wunder, dass er bis jetzt nicht über ihre Haustürschwelle gekommen war. Warum zog er so eine Show ab?

»Okay, okay, ick glob dir ja«, sagte Sabine und Till nahm ihr den Eimer ab, als sie ihn zu einem anderen Tisch tragen wollte. »Also, watt wollt ihr wissen?«

»Du hast doch neulich gesagt, dass Frank Schelk vor fünf Jahren hier im Dorfkrug war«, begann Till.

»Momentchen. Det hab ick so nich jesagt. Irgendwann war er mal da – vielleicht jenau vor fünf Jahren.«

»War Helena Steinmann damals auch da?«, fragte Jannek.

»Wer?«

»Rikes Mutter.«

»Die Frau vom Waldeinstein«, fügte Till hinzu.

»Ach die! Ja, die war da. Jab ziemliches Jerangel um sie.«

»Und das war genau vor fünf Jahren Mitte oder Ende September, richtig?«, fragte Till.

»Kann sein«, murmelte Sabine. »Du weeßt doch: Ick bin keene Stechuhr, sondern 'ne sensible Barfrau.«

»Und welches Gerangel gab es um sie?«, fragte Jannek.

Sabine sah Jannek an wie einen kleinen Hund. »Jott, du bist wirklich süß! Na, Männer-Jerangel natürlich. Die halbe Kneipe war wegen ihr in Aufruhr und Schelk …«

»Er war also am selben Abend hier?«

»Noch 'n Bier«, brummte Knubs auf einmal laut von der Bar. Sabine blickte erschrocken zu Knubs, dann verschwand sie mit schnellen kleinen Schritten hinter die Bar und hielt Knubs' leeres Glas unter den Zapfhahn.

»Schelk und Helena Steinmann waren also hier und es gab irgendeinen Streit ihretwegen, ja?« Till musterte Sabine, doch sie konzentrierte sich aufs Bierzapfen, als wäre es ein Leistungssport. »Wollte Schelk etwas von Frau Steinmann? Oder hatte sie etwas über ihn erzählt, ihn irgendwie provoziert? Sind sie zusammen gekommen oder gegangen?«

Sabine ließ das Glas nicht aus den Augen, und als Knubs' Glas voll war, zapfte sie ein weiteres Glas, obwohl niemand noch ein Bier bestellt hatte.

»Sabine? Redest du noch mit uns?«, fragte Till.

»Das Plauderstündchen is vorbei. Ick muss arbeiten«, sagte sie, ohne Jannek oder Till anzusehen.

»Warum denn das auf einmal? Eben war doch noch alles …«

Jannek zog Till am Ärmel. »Komm, lass uns gehen«, sagte er leise.

Bevor sie durch den schweren Vorhang gingen, drehte Jannek sich noch mal um. Knubs hatte sich ebenfalls umgedreht. Er sah Jannek in die Augen. Nicht argwöhnisch, wie es die Leute am Weiher getan hatten, sondern traurig.

»Na ja«, begann Till, als sie kurz darauf vor dem Dorfkrug standen, »immerhin wissen wir jetzt, dass Schelk vor fünf Jahren, wahrscheinlich am Abend seines Todes, noch lustig im Dorfkrug gesoffen hat. Und dass Rikes Mutter auch dort war.«

»Und irgendwelche Kompagnons oder Geschäftskollegen hat Sabine nicht erwähnt. Schelk muss allein dort gewesen sein«, meinte Jannek.

»Oder Sabine hat es vergessen. Sie ist schließlich keine Stechuhr«, fügte Till hinzu. »Was, wenn Schelk Rikes Mutter wirklich erpresst hat? Oder sie hat ihn provoziert und etwas über den Puff ausgequatscht.«

Jannek schüttelte langsam dem Kopf. »Das funktioniert nicht. Wenn das wirklich genau vor fünf Jahren im September war, dann stand Schelk kurz vor seiner Ausreise.«

»Ja, und?«

»Na, da hatte er seinen Privatclub doch schon geschlossen.«

»Ich weiß nicht …« Till kratzte sich im Nacken. »Eine Aufdeckung seiner Machenschaften als Puff-Besitzer hätte ja trotzdem noch brenzlig für ihn sein können, auch im Nachhinein.«

»Vielleicht wollte Schelk auch einfach nur was von Rikes Mutter oder war eifersüchtig. Es gibt zu viele Möglichkeiten«, sagte Jannek, und Till nickte nachdenklich.

Die beiden gingen schweigend zur Hauptstraße.

»Was meinst du, wo Rike steckt?«, fragte Till und blickte die Straße entlang.

»Vielleicht fährt sie sich auf dem Fahrrad die Seele aus dem Leib. Wahrscheinlich ist sie irgendwo, wo sie von den Gedanken an ihre Mutter abgelenkt wird.«

»Wenn ihre Mutter wirklich irgendwas mit dem Mord an Schelk zu tun hatte, dann kann sie das nicht allein getan haben.«

Jannek nickte. »Ich geh noch mal zu Hanne und versuche mit ihr zu reden. Sie weiß etwas, ich bin ganz sicher.«

»Und ich werde meinen Häuptling mal befragen. Schließlich war er vor fünf Jahren in Ribberow Polizeihauptmeister. Er muss irgendetwas mitbekommen haben. Werd seinem Gedächtnis mal auf die Sprünge helfen«, sagte Till.

»Wir sehen uns«, rief Jannek und verschwand in entgegengesetzter Richtung auf der Hauptstraße.

Jannek entdeckte Hanne auf dem Hof, wo sie gerade die Hühner fütterte. »Kann ich dir helfen?«, fragte er.

Zu seinem Erstaunen antwortete Hanne: »Ja. Ich habe die Küchenabfälle vergessen. Sie müssten auf dem Küchentisch stehen.«

Jannek ging ins Haus und kam mit einem kleinen Eimer mit Obst- und Gemüseschalen zurück auf den Hof. Er stellte sich neben Hanne vor die Hühner und warf ihnen nach und nach die Schalen hin. »Rike ist verschwunden«, sagte er nach einer Weile.

Hanne wandte den Blick von den Hühnern und sah zu Jannek.
»Die kleine Steinmann?«

Jannek nickte. »Ihr Vater macht sich Sorgen, weil sie ihm sonst immer Bescheid sagt, wenn sie wegfährt. Er hat Angst, dass ihr etwas zustößt, wie ihrer Mutter damals.«

»Wieso denkt er das?«

»Wenn der einzige Mensch, den man noch hat, auf einmal weg ist, macht man sich wahrscheinlich Sorgen.« Jannek sah Hanne abwägend an. »Vielleicht verstehst du das nicht, aber ich bin ohne Vater aufgewachsen und kann das sehr gut nachvollziehen.«

Plötzlich schnaubte Hanne verächtlich. »Wenn du wüsstest, wer dein Vater war ...«

Jannek starrte Hanne an. »Wieso? Wer? Was weißt du darüber?« Am liebsten hätte er Hanne geschüttelt.

»Wer? Wer soll es schon gewesen sein.« Hanne winkte ab und blickte schnell wieder zu den Hühnern. »Ein Lottersack war er, ein Drückeberger, was denn sonst? Das reicht, mehr muss ich nicht wissen.«

Jannek schüttelte den Kopf. Wie konnte Hanne so über jemanden reden, den sie gar nicht kannte? Na schön, er hatte sich nicht weiter um Janneks Mutter oder ihn gekümmert. Aber trotzdem ...

»Was ist nun mit der kleinen Steinmann? Sie ist einfach ohne Grund verschwunden, oder was?«, fragte Hanne und fütterte weiter die Hühner.

»Ja. Und ihr Vater hat gesagt, sie war ziemlich durch den Wind, als er sie gestern Abend zum letzten Mal gesehen hat. Sie ahnt, dass Schelk und ihre Mutter damals zusammen im Dorfkrug waren. Und dass ihre Mutter über Schelks Privatclub Bescheid wusste. Daraus hat sie ihre Schlüsse gezogen.«

Hanne zögerte. »Sie denkt, ihre Mutter hat etwas mit Schelks Tod zu tun?«

Jannek musterte Hanne. Ihre Augen standen nicht mehr still, ihr Blick sprang von einem Gegenstand auf dem Hof zum anderen. »Ja. Das ist doch auch nahe liegend, oder?«

Hanne schüttelte unwirsch den Kopf. »So ein Irrsinn. Wenn jemand Schelk nicht getötet hat, dann Helena. Sie war eine so anständige, warmherzige Frau. Und sie war die Einzige im Dorf, die ein Gewissen hatte.« Hanne hielt inne und ließ ein paar Körner langsam durch die Finger zu Boden rieseln. »Der Pastor hat bei der Grabrede gesagt, sie wäre wie ein Engel, der das Böse auf der Welt nicht ertragen konnte.«

»Wenn du dir so sicher bist, dass Rikes Mutter nichts mit dem Mord an Schelk zu tun hatte, dann hast du sicher eine Ahnung, wer es sonst gewesen sein könnte. Oder sogar mehr als nur eine Ahnung.«

Hanne steckte die Hände in die Taschen ihrer Strickjacke und schwieg.

»Hanne, du weißt, was im Dorf vor fünf Jahren passiert ist. Nicht wahr?«

Hanne blickte zu Jannek und schüttelte den Kopf. »Du kannst es einfach nicht lassen. Du wohnst noch nicht mal mehr in Ribberow. Was geht dich das alles an? Warum lässt du die Toten und die Vergangenheit nicht einfach ruhen?«

»Weil ich genau wie du auch nicht glaube, dass Rikes Mutter etwas mit Schelks Tod zu tun hatte. Und das bedeutet, dass höchstwahrscheinlich ein Mörder frei in Ribberow herumläuft. Das geht mich was an, auch wenn ich nicht mehr in Ribberow wohne. Außerdem mache ich mir nicht allein Gedanken zu der Sache. Denn weißt du was? Es gibt Leute mit einem Gewissen in diesem Dorf, nicht nur Rikes Mutter. Aber zu denen zählst du offenbar nicht. Denn du hast den Pflugteil in der Scheune, du warst damals im Dorf und du weißt etwas – aber du schweigst. Warum?«

Hanne starrte Jannek mit ihren eisblauen Augen an. »Warum fragst du ständig mich? Meinst du, ich bin die Einzige, die schweigt?«, sagte Hanne langsam. »Ich war vor fünf Jahren im Dorf, das ist richtig. Aber ich war nicht dabei.«

»Wo nicht dabei?«

Hanne schmiss den Hühnern die letzten Körner hin und wandte sich zum Haus. »Frag doch den dicken Hempel. Als Auge und Arm des Gesetzes wird er ja wohl etwas mitbekommen haben.«

Jannek blickte Hanne nach. Was war im September vor fünf Jahren in Ribberow geschehen? Erst hieß es, niemand im Dorf hätte Schelk seit etlichen Jahren gesehen, dann stellte sich heraus, dass er in der Nähe des Dorfs einen Privatclub betrieb und sogar am Abend seines Todes im Dorfkrug war. Wieso wusste Tills Vater nichts davon? Wieso wollte Hanne, dass man die Toten und die Vergangenheit ruhen ließ? Wieso waren alle so desinteressiert, so verbohrt und wollten nicht reden? Lieber zu wenig sagen als zu viel – das hatte Jannek schon von seinem Opa gelernt, und daran schienen sich alle in Ribberow zu halten. Aber war es wirklich nur das, oder gab es ein Geheimnis?

Jannek schüttete den Abfalleimer aus. Er wusste nur eins: Er hatte genug davon, rätselhafte Antworten zu bekommen. Oder gar keine Antworten und dafür von einem zum anderen geschickt zu werden. Sein Blick fiel auf die Scheune. Langsam entstand eine Idee in seinem Kopf. Eine Idee, wie er sie zum Reden bringen konnte. Er war sich nicht sicher, ob es funktionieren würde, aber er musste es versuchen. Doch dazu musste er von Hanne noch eins wissen.

Jannek drehte sich um. »Hanne?«

Sie war bereits auf das Haus zugegangen, blieb aber noch mal stehen und wandte den Kopf.

»Ich habe nur noch eine Frage, und die Antwort ist wirklich wichtig.« Jannek hielt inne, blickte Hanne fest in die Augen und fragte: »Hattest du etwas mit dem Mord an Schelk zu tun?«

Hanne sah Jannek schweigend an, und es kam ihm wie eine Ewigkeit vor, bevor sie antwortete. »Nein.« Ihre Stimme klang hart und entschieden.

Hanne verschwand im Haus und Jannek blickte abermals zur Scheune. Um seinen Plan umzusetzen, musste er Till einweihen. Er machte sich auf den Weg zu den Hempels.

Auf Janneks Klingeln rief Till »Ist offen«, und Jannek betrat den dunklen Hausflur. »J.J., bist du das? Ich bin im Wohnzimmer.«

»Woher wusstest du, dass ich es bin?«, fragte Jannek und setzte sich zu Till an den Wohnzimmertisch, wo er gerade Zeitung gelesen hatte.

»Weil nur so ein Stadtspießer wie du klingelt.«

»Das ist bei uns so üblich. Ohne Klingeln kommen nur Einbrecher, die Feuerwehr oder die Polizei ins Haus. Hast du übrigens mit deinem Vater gesprochen?«

Till winkte ab. »Hab es versucht. Aber der hatte es auf einmal furchtbar eilig, zum Festplatz zu kommen und dort beim Aufbau zu helfen. Als ob sie das die ganzen letzten Jahre nicht auch ohne ihn hingekriegt hätten.«

»Also hat er gar nichts zu der Sache mit Schelk gesagt?« Jannek fiel das Foto von Schelk und Herrn Hempel mit der Band wieder ein.

»Nur, dass der Fall für ihn abgeschlossen ist, und dass ich mir mein junges Polizeianwärtergehirn nicht zermartern sollte, denn die Kollegen in Sandemünde gehen der Sache sicher ordentlich nach.«

Jannek runzelte die Stirn. Warum interessierte sich Herr Hempel nicht für den Fall? Ein Mord direkt in Ribberow. Quasi vor der Haustür. Und immerhin war Schelk ein Bekannter. Den Fotos nach zu urteilen vielleicht sogar mehr als nur das. War zwischen Schelk, Dietmar und Marianne irgendetwas gelaufen? Oder war das wirklich nur Zufall? Hatte Till nicht selbst gesagt, dass viele Morde aus Eifersucht geschehen?

»Was guckst du so verkniffen?«, fragte Till.

»Ach, nichts, ich … ich dachte nur noch mal an die Fotos und … na ja.«

»Ich weiß schon. Das ist alles ein bisschen merkwürdig. Dietmar kneift den Mund extrem zusammen. Meine Theorie ist, dass er nicht gut auf Schelk zu sprechen ist, weil der früher mal Marianne angegraben hat. Und bei so was wird Dietmar zum spanischen Kampfstier. Das kann noch so viele Jahre her sein. Vielleicht will er deshalb die Sache vergessen.«

»Ja, aber genau das ist ja –« Jannek zuckte zusammen, als in dem Moment die Haustürklingel losschrillte.

Till richtete sich auf. »Wer ist denn das jetzt?«

»Kann ja nur noch ein Stadtspießer sein«, meinte Jannek.

Till stand auf. »Gibt's noch mehr von deiner Sorte in Ribberow?«, fragte er ungläubig und ging zur Haustür.

Jannek lehnte sich zurück und als Till die Tür öffnete, sah er als Erstes die braune Stoffhose.

»Rike!«, rief Till. »Mann, wo … wir haben schon … komm doch rein.«

Rike trat in den Hausflur. »Ich muss deinen Vater sprechen.«

»Komm erst mal ins Wohnzimmer. Jannek ist auch da.«

Rike folgte Till nach kurzem Zögern und nickte Jannek zu. Obwohl ihr Till einen Stuhl anbot, blieb sie stehen und sah sich um. Jannek bemerkte zwei kleine Schweißperlen auf ihrer Nasenspitze. Wahrscheinlich war sie einen neuen Rekord geradelt. Sie hatte ihr dunkelrotes Langarmshirt hochgekrempelt und das Hosenbein war an einer Seite umgeschlagen.

»Ähm ... willst du irgendwas trinken oder so?«, fragte Till, der Rike noch immer unschlüssig den Stuhl hinhielt.

»Wo ist dein Vater?«, fragte sie.

»Er ist schon auf dem Festplatz und hilft beim Aufbauen. Wieso? Wenn du einen Polizisten brauchst ...« Till stieß sich mit dem Daumen an die Brust.

Rike sah Till einen Augenblick gedankenversunken an, dann schüttelte sie den Kopf und setzte sich. Jannek sah, dass ihr rechtes Bein zitterte.

»Warum wolltest du ihn denn sprechen?«, fragte Till.

Rike starrte auf den Tisch und schwieg.

»Wir waren bei deinem Vater«, fing Jannek an. »Eigentlich haben wir dich gesucht. Und er dich auch.«

»Ich war eben kurz zu Hause. Es ist alles in Ordnung«, erwiderte Rike leise.

»Und wo warst du vorher?«, fragte Till.

Rike holte Luft. »In Großkumerow. Beim Pastor.«

Till runzelte die Stirn. »Ich wusste gar nicht, dass ihr kirchlich seid. Hast du gebetet oder so was?«

»Ich war bei Pastor Dreyer. Mir ist wieder eingefallen, dass meine Mutter kurz vor ihrem Tod zu ihm gegangen war. Sie blieb damals fast den ganzen Tag lang weg. Ich dachte, vielleicht hatte sie ihm irgendwas gebeichtet oder in der Art.«

»Konnte er dir etwas sagen?«, fragte Jannek.

»Der Pastor war wirklich sehr nett und wir haben uns lange unterhalten. Nicht nur über meine Mutter. Ich glaube, ich verstehe jetzt viele Dinge besser.« Rike schwieg einen Moment. »Ich habe ihm Sachen gesagt, die ich noch nie jemandem anderen gesagt habe. Vielleicht nur, weil er ein Fremder ist und gut zuhören kann. Und genauso, wie ich nicht will, dass er diese Sachen weitererzählt, wollte meine Mutter damals nicht, dass er ihre Geheimnisse weitererzählt.«

»Also hat er dir gar nichts über das Gespräch mit deiner Mutter verraten?«, fragte Till.

»Er hat nur gesagt, dass er sie damals zum Polizeihauptmeister geschickt hat, um sich von ihren Schuldgefühlen zu befreien.«

»Verstehe. Und deswegen willst du jetzt meinen Vater sprechen.«

Rike nickte.

»Und du denkst noch immer, dass deine Mutter etwas mit Schelks Ermordung zu tun hatte?«, fragte Jannek.

»Ich will es nicht glauben. Aber – sieht es denn für dich nicht danach aus?« Rikes Augen schimmerten dunkelgrau.

»Nein«, sagte Jannek. »Tut es nicht. Ich habe einen anderen Verdacht.«

ZWÖLF

»Ich hoffe, du hast das nicht nur im zweiten Bildungsweg gesehen«, sagte Jannek, der zusammen mit Rike hinter Till stand.

»Zweiter Bildungsweg?«, fragte Rike.

»Er meint die Glotze«, murmelte Till. »Ich hab doch gesagt, dass ich das schon mal ausprobiert habe. Es funktioniert.« Till stocherte mit der Büroklammer im Vorhängeschloss des Scheunentors herum. »Man – muss – nur – Geduld – haben.«

Jannek drehte sich um und sah zum Haus. Rike folgte seinem Blick. »Bist du dir sicher, dass Hanne schon zum Festplatz gegangen ist?«, fragte sie.

»Ja, ich dachte nur, ich hätte etwas gehört. Aber wahrscheinlich waren es nur die Hühner.«

In dem Moment schnappte der Metallbügel des Schlosses auf.

»Du solltest eine zweite Karriere starten, Till. Mit solchen Fähigkeiten stehst du auf der falschen Seite«, meinte Rike.

»Wenn man als Einbrecher auch verbeamtet werden könnte, würde ich das glatt machen.«

Jannek schob das Scheunentor auf und das Abendlicht fiel in den großen Raum. Warme, staubige Luft schlug ihnen entgegen. »Dort hinten rechts vorm Traktor steht es, unter der schwarzen Plane«, erklärte er und ging voran.

Die anderen folgten ihm und bahnten sich vorsichtig einen Weg durch das Gerümpel, als wären sie auf Dschungelexpedition. »Mann, was hat Heinz denn hier alles gehortet? Wollte er auf seine alten Tage damit bei Ebay als Großhändler einsteigen?«, erkundigte sich Till.

»Ein paar Sachen hätte er sicher als teure Raritäten losbekommen«, meinte Jannek.

»Ja, zum Beispiel den kompletten Stapel Fliesen da drüben. Die sind sicher noch aus der Volksrepublik Bulgarien«, sagte Till spöttisch.

»He, da steht ja sogar eine alte Hollywoodschaukel!« In Rikes Stimme lag echte Begeisterung.

»Ich glaube nicht, dass Hanne besonders an der hängt. Wenn du willst, kann ich sie mal fragen, ob du die haben kannst«, bot Jannek an. Er dachte kurz daran, dass seine Mutter sich auch über die Schaukel freuen würde, aber sie war nur noch selten in Ribberow, und in ihre Zweiraumwohnung mitnehmen konnte er das Ding auch nicht. Bestimmt würde es ihr gefallen, wenn jemand die Schaukel benutzte. »Ich kann sie dir auch herrichten.«

»Danke. Das wäre wirklich klasse.« Rike lächelte Jannek kurz an, dann sah sie zur Schaukel. »Aber herrichten musst du sie nicht, das kann mein Vater.«

Sie waren bei der schwarzen Plane angekommen. Jannek nahm das eine Ende, Till das andere, dann zogen sie sie zurück. Einen Moment betrachteten alle schweigend das alte rostbraune Maschinenteil.

Till kniete sich davor hin. »Mann, das könnte echt haargenau zu dem Pflugteil im Weiher passen.« Er fuhr sich über den Arm. »Ich bin ja nicht so der ängstliche Typ, aber ich bekomme gerade eine Gänsehaut.«

»Hoffen wir, dass es Anderen beim Anblick des Teils genauso geht«, meinte Jannek. »Der Mörder oder die Mörderin wird vielleicht nicht gleich Hier schreien, aber es könnte zumindest jemanden zum Reden bringen.«

»Auch möglich, dass die Mörderin gar nicht mehr Hier schreien kann, weil sie selber tot ist«, murmelte Rike leise.

»Hör endlich auf mit dem Quatsch«, sagte Jannek lauter als beabsichtigt. Rike sah ihn erschrocken an. »Warum machst du dich so fertig? Du hast nur ein paar Vermutungen und tausend Sachen, die dagegen sprechen.«

»J.J. hat recht«, schloss Till sich an. »Außerdem heißt es: Im Zweifelsfall für den Angeklagten. Also, lasst uns das Teil mal an die frische Luft bringen, dann sehen wir weiter.«

Rike nickte und jeder suchte sich eine Position, dann hoben sie den Pflugkörper zu dritt an und trugen ihn aus der Scheune.

»Mann, ist der schwer«, stöhnte Till. »Wie konnten die nur früher damit arbeiten?«

»Die meiste Arbeit hatte sicher das Pferd davor gehabt«, sagte Rike.

Auf dem Hof stellten sie den Pflugteil kurz ab. »Schade, dass der Mörder so clever war, den Pflugkarren zu nehmen. Mit den Rädern wäre das Ganze einfacher.«

»War wohl doch ein rational denkender Mensch«, meinte Till.

»Entwickelst du jetzt noch Verständnis für den Mörder?«, fragte Rike.

Jannek nickte Till zu. »Damit könntest du prima Pflichtanwalt werden.«

»Warum schmiedet ihr beiden andauernd Berufspläne für mich? Erst soll ich Einbrecher werden, jetzt Pflichtanwalt, und morgen wahrscheinlich Bundespräsident. Falls es euch noch nicht aufgefallen sein sollte: ICH habe einen Job, während ihr auf eurer Schulbank noch davon träumt, Lokführer oder Stewardess zu werden.«

»Stewardess?«, rief Rike und grinste Jannek kurz zu.

»Na, was weiß ich, was Mädchen heutzutage eben so werden wollen. Popstar, Prinzessin oder Luder«, erwiderte Till.

Rike schnaubte und schüttelte den Kopf. »Also, ich will einen ganz normalen Beruf.«

»Verkäuferin im Dorfkonsum?«, fragte Till. »Oder, nein, warte, ich hab's: Polizeimeisteranwärterin. Du könntest mir assistieren.«

»Als Cowgirl vom Hilfssheriff? Nein, danke!«

»Ich glaube, du wirst entweder Profiradrennfahrerin oder ...«
Jannek musterte Rike. »Oder irgendwas mit Pflanzen. Vielleicht Gärtnerin?«

Rike grinste und Till warf ihr einen fragenden Blick zu. »Sag bloß, die Stadtschwuchtel hat recht?«

»Nicht ganz«, antwortete Rike. »Aber das mit den Pflanzen war nicht schlecht. Wenn alles klappt, mache ich eine Ausbildung zur Floristin.«

»Floristin?«, wiederholte Till. »Du willst echt den ganzen Tag Blumensträuße machen?«

»Besser als den ganzen Tag Strafzettel zu verteilen«, erwiderte Rike. »Und du?«, fragte Rike Jannek.

»Ich mach erst mal Abi.«

»Und dann wirst du Professor, oder was?« Till gab ein Grunzen von sich.

»Studieren will ich schon, wenn es geht.« Jannek wusste, dass seine Mutter gerne studiert hätte. Aber dann wurde sie früh mit ihm schwanger und die Familie hatte nicht viel Geld. Das hatten sie jetzt immer noch nicht, aber Jannek könnte sich das Studium mit Nebenjobs finanzieren.

»Und was willst du studieren?«, fragte Rike.

»So genau weiß ich das noch nicht.« Was glatt gelogen war. Jannek kannte sein Wunschstudium. Aber in Pinzlau hatte er es noch niemandem gesagt, weil er sowieso schon den Spitznamen Käpt'n Nemo weghatte. Rikes Augen entlockten ihm eine Antwort. »Mein Traum wäre Meeresbiologie.«

»Das klingt total spannend«, fand Rike.

»Das klingt nach Käpt'n Nemo«, meinte Till.

Jannek verdrehte die Augen. Na super.

Rike strich sich eine Strähne aus der Stirn und umklammerte den Pflugsterz, die Lenkstange des Pfluges. »Wollen wir los?« Till und Jannek nickten gleichzeitig. Bevor sie den Pflugkörper hochhoben, sahen sie sich schweigend an.

»Jetzt wird es ernst«, sagte Jannek.

»Ja, für den Mörder«, meinte Till, ergriff den Pflugbaum und hob an.

Sie schleppten den Pflugkörper bis zur Hauptstraße. Dort setzten sie kurz ab. Bis auf eine schwarze Katze, die geräuschlos über das Kopfsteinpflaster lief, war niemand zu sehen.

»Die sind wahrscheinlich schon alle auf dem Festplatz«, ächzte Till.

»Genau da brauchen wir sie auch.« Jannek gab das Zeichen zum Anheben.

Bis zum Festplatz mussten sie noch zweimal absetzen, doch keiner sagte mehr einen Ton. Die Dämmerung lag über dem Dorf, die Häuser schauten ihrem Treiben stumm mit dunklen Fensteraugen zu.

Als sie schließlich um die Ecke zum Festplatz bogen, hatte Jannek das Gefühl, vollkommen durchgeschwitzt zu sein. Seine Hände waren feucht und über seinen Rücken liefen Schauer. Die Gesichter von Till und Rike leuchteten hell im Halbdunkel.

Sie stellten den Pflugkörper vorsichtig ab und sahen zum Festplatz. Die Bühne mit dem Zeltdach war hell erleuchtet und auf den Biertischen davor standen Kerzen. Fast alle Bierbänke waren besetzt, von ihnen waren Stimmen und Gläserklirren zu hören. Auf der Bühne stand einsam ein Mikrofon.

»Die scheinen geradezu auf unseren Auftritt zu warten«, sagte Till leise.

Rike nickte, doch Jannek überkamen plötzlich Zweifel. Er hatte es sich ganz einfach vorgestellt: Sie würden den Pflugkörper auf die Bühne tragen. Die Reaktion der Leute abwarten. Wenn nichts geschah, würden sie sie zum Reden bringen. Mit dem Beweisstück vor der Nase musste jemand etwas sagen. Ganz einfach. Zu einfach?

Was, wenn die Leute ganz anders auf den Pflug reagieren würden, als Jannek hoffte? Wenn die Leute sie auspfeifen und von der Bühne holen würden? Oder wenn sie einfach stumm blieben, wie sie es jahrelang getan hatten? Was, wenn der Mörder unter ihnen war und ausrastete?

Erst jetzt wurde Jannek richtig bewusst, wie unsicher sein Plan war. Er war aus Vermutungen, Gefühlen, Annahmen und mehr oder weniger logischen Schlussfolgerungen entstanden, aber nicht aus Beweisen oder Tatsachen. Was wusste Jannek schon? Dass der Mörder aus dem Dorf kam, dass er noch lebte und dass die Leute im Dorf schwiegen, obwohl sie etwas wussten. War das zu wenig?

»Was ist? Hast du jetzt Schiss, oder was?«, fragte Till und sah Jannek mit zusammengezogenen Augenbrauen an. »Das Ganze war schließlich dein Plan.«

Jannek wollte und konnte jetzt nicht mehr zurückrudern. Vielleicht war es kein Plan, sondern ein Versuch. Und versuchen mussten sie es. »Nein, ich hab nur kurz überlegt, dass jemand auf der Bühne etwas sagen sollte.«

»Wer?«, fragten Rike und Till wie aus einem Mund.

Jannek zuckte mit den Schultern. »Notfalls bin ich das.«

»Okay. Dann mal los«, sagte Till.

»Jannek?« Rike hatte ihm die Hand auf die Schulter gelegt. »Der Plan ist gut. Wirklich.«

Jannek nickte zögernd und lächelte schließlich.

Sie hoben den Pflugkörper gemeinsam wieder auf und trugen ihn langsam Richtung Bühne. Zunächst bemerkte sie keiner, doch als sie rechts von der Bühne im Halbdunkel stehen blieben, drehten sich vereinzelt Leute nach ihnen um.

»Dann wollen wir das Teil mal ins rechte Licht rücken«, sagte Till.

Jannek nickte, und sie stiegen vorsichtig die zwei Holzstufen zur Bühne hinauf und trugen das Pflugteil bis in die Mitte der Bühne, wo sie es neben dem Mikrofon abstellten. Jannek wusste, dass die ersten Sekunden entscheidend waren. Würde jemand lachen, pfeifen oder etwas rufen?

Doch nichts dergleichen geschah. Zunächst ging ein Tuscheln durch die Reihen der Festbesucher, und während sich ein Gesicht nach dem anderen der Bühne zuwandte, verstummten die Gespräche, das Lachen und das Gläserklirren allmählich. Obwohl beinahe das ganze Dorf versammelt war, breitete sich auf dem Festplatz Schweigen aus. Alle Augen waren auf die Bühne gerichtet. Jannek fiel es schwer, die verschiedenen Gesichtsausdrücke der Besucher zu deuten. Sie wirkten nicht neugierig oder verärgert, sondern einfach nur abwartend. Doch da war noch etwas in ihren Blicken. Mit einem Mal wurde Jannek klar, dass sie Angst hatten.

»Wolltest du nicht notfalls was sagen?«, flüsterte Till. »Das ist jetzt der Notfall, Jannek.«

Jannek zögerte, dann trat er mit zwei schnellen Schritten ans Mikrofon. »Diesen Pflugkörper«, er zeigte hinter sich, »sieht nicht jeder hier zum ersten Mal. Er gehört zu dem Ackerpflugteil, mit dem Frank Schelk vor fünf Jahren im Weiher versenkt wurde. Nachdem ihn jemand ermordet hatte. Hier, mitten in diesem Dorf, in Ribberow. Ermordet.«

Jannek entdeckte Hanne. Sie saß zwischen dem zahnlosen Alten, den Jannek im Konsum getroffen hatte, und Bäckermeister Suckrow. Obwohl sie ihn vollkommen reglos anstarrte, hatte er das Gefühl, sie würde den Kopf schütteln.

»Die meisten hier kannten Frank Schelk. Gingen mit ihm zur Schule, haben mit ihm Geschäfte gemacht, mit ihm etwas unternommen, zumindest mal mit ihm geredet. Vor fünf Jahren kam er wieder ins Dorf. War im Dorfkrug. Es gab einen Streit. Danach wurde er ermordet. Seine Leiche wurde an einen Pflugteil gebunden, zum Weiher gebracht und dort versenkt. So war es doch, nicht wahr?« Jannek ließ seinen Blick einen Moment schweigend über die Gesichter der Zuhörer schweifen. »Und keiner, kein einziger Mensch in Ribberow will davon etwas mitbekommen haben. Keiner will sich an den Abend erinnern, an dem Schelk im Dorfkrug war.«

Jannek sah, dass Sabine, die gleich in der ersten Reihe saß, zu Boden blickte. »Ich kannte Frank Schelk nicht. Vielleicht war er kein netter Mensch und hat einiges verzapft im Leben. Aber das ist egal. Es ist ein Mord geschehen, der von vielen im Dorf gedeckt wird. Dafür kann es keinen noch so guten Grund geben. Der Mörder ist noch hier, genau unter uns, und wir«, Jannek deutete auf Rike, Till und sich selbst, »wissen es. Und ihr wisst das auch alle.«

Jannek hatte das Gefühl, dass sich auf dem Festplatz eine Atmosphäre wie in einer Tiefkühltruhe ausbreitete. Die einzige Bewegung kam von ein paar Zigarettenrauchsäulen. Ansonsten saßen alle wie erstarrt an den Tischen und taten das, was sie am besten konnten: schweigen. Jannek erkannte die Hempels, gleich neben Schwericke, am Nachbartisch die alte Frau, die er am Weiher getroffen hatte, die Kassiererin aus dem Dorfkonsum, die Frau mit der Opern- und die mit der Raucherstimme, jeweils neben einem Mann, Knubs, der in der ersten Reihe neben Sabine saß und viele andere Gesichter, die er nur noch vage von früher kannte.

Auf einmal spürte Jannek eine leichte Berührung am Arm. Er drehte sich um und Rike stand neben ihm. Sie sah ihn ernst an, dann wandte sie sich den Besuchern zu. »Ich war heute bei Pastor Dreyer. Er hat mir erzählt, dass meine Mutter kurz vor ihrem Selbstmord bei ihm war und eine Art Geständnis abgelegt hat. Pastor Dreyer hat meine Mutter zu Polizeihauptmeister Hempel geschickt, um sich von ihren Schuldgefühlen zu befreien.« Obwohl Rike laut und bestimmt sprach, bemerkte Jannek, dass ihr rechtes Bein leicht zitterte. Rike ging einen Schritt nach vorne und sah Herrn Hempel direkt an. »War meine Mutter damals bei Ihnen?«

Herr Hempel wich Rikes Blick aus und sah auf den Tisch. Ohne wieder aufzusehen, nickte er dann leicht.

»Hat sie Ihnen den Mord gestanden?« Rikes Stimme begann zu zittern.

Herr Hempel starrte regungslos auf den Tisch, als hätte er Rikes Frage nicht gehört.

»Warum sagen Sie nichts?« Rike klang nicht mehr fordernd, sondern hilflos.

Jannek zog sie am Arm behutsam vom Bühnenrand weg. »Rikes Mutter hat den Mord nicht begangen. Jemand anderes im Dorf hatte damit etwas zu tun, und ich bin sicher, dass es jede Menge Mitwisser gab. Mitwisser, die bis heute schweigen. Schelk war damals im Dorfkrug, und er war dort nicht allein mit Helena Steinmann. Das halbe Dorf muss dort gewesen sein. Knubs zum Beispiel oder Dietmar Hempel. Was ist damals passiert?«

Till trat neben Jannek und blickte seinen Vater ungläubig an. »Warst du dort? Dann sag endlich was.«

Herr Hempel sah seinen Sohn an und öffnete den Mund, doch es kam kein Wort heraus.

Knubs drehte sich nervös nach Hanne um, die Jannek nicht aus den Augen gelassen hatte, seit er auf die Bühne getreten war. Plötzlich schob sich Rike zwischen Jannek und Till. »Ich kann verstehen, dass niemand über diesen Abend und Schelk reden will. Das wollte meine Mutter auch nicht. Auch sie hat sich entschieden, lieber zu schweigen.« Rike holte Luft. »Aber wenn nur einer hier ist, der aus welchem Grund auch immer weiß, dass meine Mutter keine Mörderin war, so bitte ich ihn, mir das zu sagen.«

Die Luft über dem Festplatz schien stillzustehen, als hätte das ganze Dorf aufgehört zu atmen.

Auf einmal löste sich eine Figur aus dem Bild. Nicht abrupt, sondern langsam und schwankend stand sie auf, als könnte sie jeden Moment wieder umfallen. Herr Hempel stützte sich mit beiden Händen auf dem Tisch ab und sah Rike eindringlich an. Seine Frau blickte zu ihm auf und zog ihn am Arm.

»Du?«, flüsterte Till und sah seinen Vater mit zusammengezogenen Augenbrauen an.

Augenblicklich erhob sich eine zweite Person. Es war Knubs. Er murmelte etwas, und da er in der ersten Reihe stand, hörte Jannek, was er sagte: »Für deine Mutter.« Er sah Jannek dabei in die Augen, genauso traurig wie im Dorfkrug.

Plötzlich erhob sich Hanne mit einer schnellen Bewegung. Sie stand kerzengerade und mit vorgestrecktem Kinn zur Bühne gewandt da. Herr Hempel, Knubs und Hanne ragten einen Augenblick wie drei einsame Säulen zwischen den Sitzenden heraus. Doch auf einmal löste sich die Anspannung, und eine weitere menschliche Säule nach der anderen erhob sich. Frau Hempel war eine der Ersten, die Suckrows standen zusammen auf, Sabine hakte sich bei Knubs ein und sogar Schwericke schloss sich an.

Nach und nach erhob sich das gesamte Dorf. Als Letzter stand der zahnlose Alte auf, obwohl Jannek bezweifelte, dass er wusste, warum.

DREIZEHN

»Das ganze Dorf wusste über den Mord Bescheid und kein Einziger hat etwas gesagt. Warum?« Till hatte sich weit zu seinem Vater über den Tisch gelehnt und sah ihn herausfordernd an. »Du wusstest davon. Du bist Polizist. Und du hast geschwiegen, genau wie alle anderen.«

Herr Hempel atmete laut aus, sah Till, Jannek und Rike nacheinander an und blickte dann kurz zu seiner Frau, die mit einem zerknüllten Papiertaschentuch in der Hand neben ihm saß. »Erzähl es ihnen«, sagte sie leise.

Ihr Mann legte die Hände wie zu einem Gebet auf den Wohnzimmertisch. »Wo soll ich anfangen?«, fragte er mehr sich selbst als seine Zuhörer.

»Wie wäre es bei meiner Mutter?«, schlug Rike vor.

Herr Hempel nickte langsam, dann begann er: »Deine Mutter war nach ihrem Besuch bei Pastor Dreyer tatsächlich bei mir. Aber nicht als Mörderin«, Herr Hempel blickte zu Rike, »sondern als Zeugin.«

»Sie hat den Mord gesehen? Sie kannte den Mörder?«, fragte Rike.

»Aber sie wollte ihn decken! Sonst wäre sie ja nicht zum Pastor und zu dir, sondern zur Polizei in Sandemünde gegangen, richtig?«, fragte Till.

Tills Vater hob beschwichtigend die Hände. »Langsam. Ich erzähle euch alles, aber der Reihe nach.« Herr Hempel schwieg einen Moment, offenbar um seine Gedanken zu sammeln und die richtige Reihenfolge zu finden. »Vor fünf Jahren tauchte

Frank Schelk plötzlich wieder im Dorf auf. Er hatte sich seit etlichen Jahren nicht mehr blicken lassen. Und es hat ihn auch niemand vermisst – im Gegenteil. Als er dann an einem Septembernachmittag mit einem Taxi hier vorfuhr, sprach sich das herum wie ein Lauffeuer.«

»Was wollte Schelk in Ribberow?«, fragte Jannek.

»Sich verabschieden.« Herr Hempel stieß kurz höhnisch Luft durch die Nase. »Das hat er zumindest allen erzählt – ob sie es wissen wollten oder nicht. Er protzte herum mit seiner Ausreise nach China und dass er dort einen Geld scheißenden Esel entdeckt hätte und nie wieder wie wir armen Hansel einen Finger krumm machen müsste – als hätte er das jemals getan. Bei Schelk waren alle, die für ihr Geld noch arbeiteten, hinterwäldlerische Idioten.« Tills Vater hielt inne, als er merkte, dass er den Faden verlor. »Ich vermute, Schelk hat in seinem Bordell am Dorfrand noch die letzten Sachen geklärt und konnte sich dann den Spaß nicht verkneifen, noch mal als fetter Macker ins Dorf zu spazieren und uns unter die Nase zu reiben, was für erbärmliche Kleingeister wir seiner Meinung nach sind.« Herr Hempel starrte auf den Tisch.

»Schelk kam also mit dem Taxi ins Dorf und dann – hat er irgendjemanden besucht oder so was?«, fragte Till.

»Schelk kannte niemanden in Ribberow, den er hätte besuchen können«, sagte Frau Hempel.

»Nicht, dass man ihn in Ribberow vergessen hätte. Im Gegenteil. Wir erinnern uns hier alle sehr gut. So schnell wird im Dorf keiner vergessen. Besonders nicht so einer wie Schelk.« Herr Hempel lehnte sich zurück. »Schon als kleiner Junge war er ein freches, verwöhntes Söhnchen gewesen. Seine Mutter ist früh gestorben und sein Vater hat ihm alles in den Hintern gebuttert. Wenn er was wollte, brauchte er nur zu schreien. Bald war er der Chef zu Hause und tyrannisierte auch alle im

Landgasthof seines Vaters. Was Junior verlangte, wurde gemacht. Er bekam immer, was er wollte. Erst war es Spielzeug, dann Klamotten, dann ein Fahrrad, ein Moped, ein Auto. Und Frauen.«

»Und die Frauen hat auch sein Vater für ihn besorgt?«, warf Till ein.

»Das war vielleicht das Einzige, wofür er sich selbst ins Zeug gelegt hat. Obwohl – schwer fiel es ihm nicht. Er lebte von Papas Geld, und während die anderen arbeiteten, schnappte er ihnen die Freundinnen weg.« Herr Hempel kratzte sich am Ohr. »Er war nur ein Jahr jünger als ich. Als ich achtzehn war, hatte ich das Gefühl, alle Mädchen in der Gegend waren in Schelk verliebt. Das war wie ein Virus.«

Frau Hempel sah auf ihr Taschentuch und nickte.

»Na ja, *alle* Mädchen können es ja wohl kaum gewesen sein. Die meisten haben doch jemand anderen geheiratet«, bemerkte Till und sah kurz zu seiner Mutter, die noch immer auf das Taschentuch blickte.

»Klar. Schelk wollte ja auch nicht heiraten. Das versprach er zwar einigen Mädchen, aber irgendwann wurde es ihm zu langweilig und er wollte ein neues Spielzeug. Und wenn die Mädchen von ihm schwanger wurden, dann war das ihr Problem. Wahrscheinlich wusste Schelk selbst noch nicht mal mehr, wie viele Kinder er in die Welt gesetzt hat.«

»Schelk war also ein durch und durch böser Mensch, oder wie? Hat er nicht auch irgendetwas Positives gehabt?«, fragte Jannek.

»Es ist interessant, dass gerade du das fragst«, murmelte Herr Hempel und verstummte, als seine Frau ihm leicht mit dem Arm in die Seite stieß.

»Jeder Mensch hat etwas Positives, auch Schelk«, sagte Frau Hempel. »Er war nicht nur das arrogante Großmaul. Auf jeden Fall war er nicht auf den Kopf gefallen und bekam Sachen ziemlich schnell mit, auf die man andere erst mit dem Holzhammer hinweisen musste. Er hatte ein Feingefühl, besonders wenn es um Menschen ging, was er aber auch oft gegen sie einsetzte. Und er hatte Ausstrahlung, die er zu nutzen wusste.«

»Bist du fertig mit deiner Lobrede?«, brummte Herr Hempel. Seine Frau seufzte und sah wieder auf das Taschentuch in ihren Händen. »Gut. Dann kann ich ja weitererzählen. Also. Schelk hatte in der ganzen Gegend seinen Ruf als Casanova und Schmarotzer weg. Und dann fing er irgendwann schon während der Schule mit kleinen Geschäften an. Damals vertickte er auf dem Schulhof irgendwelche billigen polnischen Kassetten, Aufnäher und Anstecker von Popbands für schönes Geld. Gab es ja zu der Zeit nicht normal zu kaufen. Die erste Aktion nach der Schule waren die falschen Adidas-T-Shirts. Er hatte mit einem Kumpel aus Sandemünde haufenweise weiße T-Shirts gekauft und dann mit den drei Streifen und dem Logo bedruckt. Danach fuhr er hoch zur Ostsee und verkaufte sie dort. Als sich nach der ersten Wäsche alles ablöste, war Schelk schon über alle Berge.« Herr Hempel schenkte sich einen Schluck Kaffee nach, den seine Frau für alle hingestellt hatte. Er trank und fuhr fort: »Schelks Geschäfte wurden immer ausgetüftelter, und sein größter Coup war dann die Sache mit der LPG-Auflösung. Dabei ist er wirklich zu weit gegangen. Er hat etliche Leute im Dorf geprellt.«

»Wieso?«, fragte Rike.

»Schelk wurde damals von einem Tag auf den anderen Assistent des ehemaligen LPG-Vorsitzenden und hatte die Aufgabe, das Ganze abzuwickeln und zu steuern. Vereinfacht gesagt hat er das Vieh und Vermögen der ehemaligen Mitglieder unter Wert eingeschätzt, um es dann zur eigenen Bereicherung aufzukaufen. Die meisten Dorfbewohner wurden dadurch arbeits- und mittellos. Fast jeder war irgendwie betroffen. Und im Nachhinein wussten alle, wem sie das zu verdanken hatten.«

»Ich habe zu dieser LPG-Auflösung nachgeforscht und rein rechtlich ist weder Schelk noch Schwericke etwas nachzuweisen«, warf Till ein.

»Das ist es ja eben. Schelk war wieder fein raus. Er hatte auf Kosten anderer das dicke Geld gemacht und man konnte ihm nichts nachweisen. Schwericke hat dann wenigstens mit dem Geld etwas für die Gegend getan, aber Schelk hat sich nur auszahlen lassen und ist ab mit der Marie nach Berlin.«

»Wahrscheinlich war die Stimmung in der Gegend etwas unangenehm für ihn«, sagte Jannek.

»Kann man wohl sagen«, knurrte Herr Hempel.

»Was hat das aber mit den Ereignissen vor fünf Jahren zu tun?«, fragte Rike.

»Jede Menge, wirst du sehen.« Tills Vater kippte den letzten Rest Kaffee aus seiner Tasse herunter. »Als Schelk damals also wieder im Dorf auftauchte, freute sich niemand, ihn zu sehen. Er hatte sich auch kein bisschen verändert. Nur sein Anzug und seine Schuhe sahen noch teurer aus. Ansonsten die gleiche große Klappe, die gleiche Arroganz, die gleiche Überheblichkeit. Er hielt sich eindeutig für etwas Besseres.«

»Aber für ein Bier im Dorfkrug war er sich dennoch nicht zu schade«, warf Frau Hempel ein.

Ihr Mann nickte. »An dem Abend war es im Dorfkrug gerammelt voll. Man hatte den Eindruck, das ganze Dorf sei anwesend. Und so ungefähr war es ja auch. Jeder wollte diesen aufgeblasenen Fatzke von Schelk sehen. Natürlich nicht, um ihn freudig willkommen zu heißen. Das Ganze hatte eher was von Schaulustigen beim Vorführen eines Schwerverbrechers oder Ungeheuers. Schelk saß an der Bar und versuchte die Leute in ein Gespräch zu verwickeln, doch die meisten hielten sich fern. Auch als er ein paar Geldscheine auf den Tisch legte und meinte, alles ginge auf seine Kosten. Doch so laut wie er redete, fiel es auf Dauer schwer, nicht hinzuhören. Und dann waren da natürlich noch die Frauen. Um deren Aufmerksamkeit bemühte sich Schelk besonders. Das funktionierte vor allem bei denen, die ihn noch nicht von früher kannten. Wie Sabine oder deine Mutter«, sagte Herr Hempel und nickte Rike zu. »Je länger der Abend, desto mehr wurde getrunken, desto lauter und dümmer geredet, desto hemmungsloser wurden die Gäste, insbesondere ein Gast. Die Stimmung heizte sich auf, und Schelk flirtete immer wahlloser und heftiger. Man sah ihm an, dass er sich wie der schönste Hahn im Stall fühlte. Er tat gerade so, als ob alle Frauen des Dorfes ihm gehörten. Doch am meisten hatte er es auf Helena Steinmann abgesehen. Die hatte es ihm an diesem Abend angetan. Und ich sagte ja, wenn Schelk etwas wollte, dann nahm er es sich.«

»Heißt das, meine Mutter und Schelk waren an dem Abend zusammen?«, fragte Rike. Jannek betrachtete sie von der Seite. Mehrere Strähnen hingen ihr ins Gesicht und im Wohnzimmerlicht wirkten ihre Wimpern wie geschwungene, hauchdünne Bleistiftstriche.

»Nein. Das hätte er gerne gehabt, doch dazu kam es nicht.« Herr Hempel schwieg mehrere Sekunden, bis ihm seine Frau die Hand auf die Schulter legte und ihn aus seiner Trance zurückholte. »Sie standen an der Bar«, fuhr Tills Vater fort. Er sprach langsam und leise, als würde gerade in Slow Motion ein Film vor seinen Augen ablaufen. »Helena lehnte mit dem Rücken an der Theke. Schelk stand vor ihr und hatte eine Hand links und eine Hand rechts von ihr auf die Theke gelegt. Er hatte sie sozusagen gefangen. Obwohl Helena lächelte, sah man ihr an, dass sie sich unwohl fühlte. Sie blickte Hilfe suchend zu den Tischen und versuchte sich von der Theke zu lösen und zu gehen. Aber sobald sie einen Schritt vorwärts machte, landete sie in Schelks Armen, was sie offenbar nicht wollte. Ich beobachtete die beiden schon eine ganze Weile und sah, dass Schelk die schönen Worte ausgegangen waren und er mit einer Hand an Helenas Hals entlangfuhr und versuchte, sie zu sich zu ziehen. Das reichte Helena. Sie trommelte wie wild auf Schelk ein, schrie, man solle ihr doch helfen. ›Nun tut doch etwas!‹, rief sie.« Herr Hempel blickte Till, Jannek und Rike nacheinander an. »Es war, als hätten alle im Dorfkrug nur darauf gewartet. Einschließlich mir. Ich war als Erster bei den beiden, stieß Schelk von Helena weg und sagte, er solle die Frau in Ruhe lassen und endlich nach China abhauen, in unserem Dorf hat er genug Ärger angerichtet und er hätte sich überhaupt niemals in Ribberow blicken lassen sollen.« Herr Hempel hielt kurz inne. »Ich hatte richtig gebrüllt, alle im Dorfkrug hatten das gehört und viele riefen noch etwas Zustimmendes hinterher. Sie wollten alle, dass Schelk verschwindet. Nicht nur aus dem Dorfkrug, aus Ribberow. Für immer.«

»Und was hat Schelk gesagt?«, fragte Jannek.

Herr Hempel schnaufte kurz durch die Nase und schüttelte den Kopf. »Er hat gelacht und mir ins Gesicht gesagt, dass er jemanden nicht ernst nehmen kann, der es noch nicht mal schafft, seiner Frau eigene Kinder zu machen.«

Frau Hempel kniff ihren Mann in die Schulter und bekam rote Wangen.

»Was? Aber, heißt das …«, begann Till.

Frau Hempel strich ihrem Sohn über die Hand und schüttelte den Kopf.

»Was ist dann passiert?«, fragte Rike, deren rechtes Bein wieder leicht zu zittern begonnen hatte.

»Tja. Dann ist das passiert, was nie hätte passieren dürfen.«

Herr Hempel fuhr sich mit der flachen, großen Hand über das Gesicht. »Ich habe auf einmal Rot gesehen, bin total ausgerastet, habe Schelk zur Tür geschleift und nach draußen gestoßen. Das war nicht nur die Antwort auf seine Provokation, sondern jahrelang aufgestaute, unfassbare Wut. Und die hatten so gut wie alle. Hinter mir bildete sich ein wütender Pulk. Sie riefen, Schelk solle verschwinden, sofort, und sich nie mehr blicken lassen. Schelk taumelte auf den Platz vor dem Dorfkrug, aber er lachte noch immer. Es war dieses fiese, kleine Lachen, das er immer schon gehabt hatte. Er lachte uns aus und sagte, er würde sich von so ein paar Hinterwäldlern keine Angst einjagen lassen.«

Herr Hempel schloss einen Moment die Augen, dann fuhr er fort: »Was nun folgte, war wie ein Funke, der alles zum Explodieren brachte. Der Pulk hinter mir stürmte auf Schelk los. Es war ein Gebrülle und Geschrei wie bei einer Treibjagd. Und das war es ja auch fast. Männer, Frauen, Alte, Junge, manche sogar mit Bierkrügen oder Messern bewaffnet, stürmten hinter Schelk her. Der hatte auf einmal doch vor ein paar Hinterwäldlern Angst und rannte um sein Leben. Wir trieben ihn bis kurz vor den Ortsausgang. Dort bog er plötzlich auf den alten Mühlenhof ein. Er dachte wohl, er könne sich dort verstecken. Doch die Hofeinfahrt war schon seit Jahren zugemauert. Schelk lief in eine Sackgasse.«

Till sah seinen Vater mit großen Augen an. »Was dann? Dort habt ihr ihn …?«

Herr Hempel schüttelte den Kopf. »Schelk hörte uns kommen. In seiner Panik und seinem Suff schwang er sich über die Mauer.« Tills Vater starrte einen Moment vor sich hin. »Wir fanden ihn dann auf der anderen Seite. Er war auf einen Stein gestürzt. Sein Kopf war voller Blut. Er war tot.«

Im Wohnzimmer breitete sich Schweigen aus.

»Und meine Mutter ist bei der Jagd dabei gewesen?«, fragte Rike leise.

»Das weiß ich nicht mehr genau. Sie stand dann auf jeden Fall mit vor dem Stein, auf den Schelk gestürzt war. Ich erinnere mich noch an ihren Gesichtsausdruck. Voller Schock, Abscheu und … Trauer.«

»Wie kam Schelk dann in den Weiher?«, fragte Till.

»Ja, das ging alles recht schnell«, sagte Herr Hempel und kratzte sich am Hals. »Wie auf ein geheimes Zeichen hin fingen ungefähr eine halbe Minute später alle an, durcheinanderzureden. Panik erfasste die Leute. Was jetzt? Macht ein Krankenwagen noch Sinn? Sollen wir die Polizei in Sandemünde rufen? Wenn ja, was sollen wir denen erzählen? Dass es ein Unfall war? Dass Schelk freiwillig über die Mauer geklettert ist?« Herr Hempel hing einen Moment seinen Gedanken nach. »Vielleicht hätten wir damals die Kollegen aus Sandemünde rufen sollen.«

»Aber das habt ihr nicht getan«, sagte Jannek.

»Nein. Jemand meinte, wenn wir die Polizei rufen, werden sie uns alle drankriegen – ob es nun ein Unfall war oder nicht – und Schelk würde sich von seinem Grab aus noch ins Fäustchen lachen. Den Gedanken konnten die meisten damals nachvollziehen, ich auch. Wie gesagt, dann ging alles sehr schnell. Jemand rief, man müsste nur zusehen, dass die Leiche wegkommt, dann wäre der Spuk vorbei. Wir einigten uns schnell darauf, dass es am einfachsten war, die Leiche im nahe gelegenen Weiher zu versenken. Nur womit wir sie versenken konnten, wussten wir nicht. Wir wollten ja auf keinen Fall, dass Schelk wieder hochkam und eines Tages im Weiher an der Oberfläche trieb. Irgendjemand sagte, ein alter Ackerpflug wäre gut, den könnte man zum Teich rollen, und schwer genug wäre er auch.« Herr Hempel blickte zu Jannek. »Da ihr ja die andere Hälfte gefunden habt, wisst ihr, welchen Ackerpflug wir genommen haben. Heinz hat ihn mit ein paar Leuten aus seiner Scheune geholt.«

»Er war mit dabei?«, fragte Jannek. »Auch bei … bei der Jagd?« Herr Hempel nickte.

»Und Hanne?«

»Die nicht. Sie war zu Hause, aber sie hat trotzdem alles mitbekommen, wie immer.«

»Und dann?«, fragte Till.

»Dann haben wir Schelks Leiche an den Ackerpflug gebunden und das Ganze in den Weiher gerollt. Das war es. Schelk war aus unseren Augen und Gedächtnissen verschwunden. Seitdem hat niemand mehr darüber geredet. Es war wie ein stummes Abkommen im Dorf, ein Geheimnis, das alle und alles zusammenhielt.«

»Hattet ihr nie Angst, dass jemand Schelk suchen würde?«, fragte Till.

»Wir wussten, dass er nie richtige Freunde hatte, und dann war da ja noch die geplante Ausreise. Es war sehr unwahrscheinlich, dass sich jemand für Schelk interessierte. Und wenn, dann waren sich alle einig, dass man ihn seit über zehn Jahren nicht im Dorf gesehen hatte.«

»Bis auf meine Mutter«, sagte Rike.

Herr Hempel sah sie an und nickte. »Ja, sie war die Einzige, die Schelk und den Abend im Dorfkrug nicht vergessen konnte. Sie kam ein paar Wochen später zu mir und erzählte mir von ihrem Besuch beim Pastor. Sie sagte, dass sie Alpträume habe und mit dem Wissen um Schelks Tod nicht leben könne. Sie fühle sich durch ihr Schweigen mitschuldig. Sie erwähnte auch einen Tod in der Familie, bei dem es ihr bereits ähnlich ergangen war.« Herr Hempel blickte Hilfe suchend zu Rike.

»Der Unfall von ihrem Bruder.«

Herr Hempel nickte und blickte einen Moment stumm vor sich hin, dann fuhr er fort: »Sie sagte, sie hielte das Schweigen nicht länger aus, aber ihrer Familie wolle sie sich nicht anvertrauen, um sie nicht zu belasten und auch zu Mitwissern zu machen. Zur Polizei nach Sandemünde wollte sie nicht gehen, um das Dorf nicht zu verraten. Deshalb ist sie damals zu mir gekommen.«

»Was hast du ihr geraten?«, fragte Jannek leise, aber er ahnte die Antwort bereits.

Herr Hempel zuckte mit den schweren Schultern, sodass sein Bauch wackelte. »Ich sagte ihr, dass sie auf keinen Fall schuld an Schelks Tod sei und habe ihr geraten, das zu tun, was ich und alle anderen auch getan haben. Vergessen und das Leben ganz normal weiterleben.« Herr Hempel senkte den Blick. »Ich wusste ja nicht, dass sie sich kurz darauf umbringen würde.« Dann richtete er sich auf und sah Rike ins Gesicht. »Es tut mir leid.«

VIERZEHN

»Wann geht dein Zug?«, fragte Till.

»Zehn nach drei.« Jannek warf einen kleinen Stein in den Weiher. Gestern Nacht, als Jannek von den Hempels nach Hause gegangen war, hatte es geregnet, und am Grund des Teichs hatte sich eine kleine, braune Pfütze gebildet.

»Ich fahr dich nach Sandemünde, okay?«

Jannek nickte. »Danke.«

Sie starrten schweigend auf den Teich, dann fuhr Till sich durch die Haare. »Ich kann immer noch nicht glauben, dass sie alle … und sie wussten es die ganze Zeit. Das ganze Dorf. Es waren alle, und somit wieder keiner.«

»Aber es war kein Mord. Es war ein Unfall.« Jannek musterte Till. »Oder?«

Till zuckte mit den Schultern. »Schwer zu sagen. Freiwillig ist Schelk nicht über die Mauer gesprungen. Aber sie haben ihn auch nicht direkt dazu gezwungen.«

»Sie hätten damals die Polizei rufen und die Sache sauber lösen sollen«, fand Jannek. »Vor allem hätten sie ihn nicht im Weiher versenken sollen. Das ist doch irgendwie ein Schuldeingeständnis, findest du nicht?«

»Das würde die Polizei auf jeden Fall so sehen, wenn ich ihnen jetzt einen Wink geben würde.«

Jannek runzelte die Stirn. »Hast du das vor?«

»Nein. Das könnte ich nicht bringen. Wenn, dann müsste das mein Vater selbst machen«, erwiderte Till. »Was meinst du, warum er uns das alles erzählt hat?«

»Ich schätze, weil er es wollte. Er war froh, endlich mal alles zu erzählen. Immerhin schleppt er es schon ein paar Jahre mit sich herum.«

Till nickte. »Ja, das ist auch ein schwerer Brocken. Einer meiner Ausbilder hat mal gesagt: Schuld ist die Sklaverei der Freien. Ist von irgend so 'nem alten Römer.«

Jannek dachte einen Moment nach. »Es gab keinen richtigen Mord, und somit keinen Mörder. Und trotzdem ist jemand schuldig.«

Till gab Jannek einen kleinen Stoß. »Komm, J.J., hören wir lieber auf, uns darüber den Kopf zu zerbrechen. Dich betrifft es ja außerdem nun am allerwenigsten.«

»Wieso?

»Na, Hanne war bei der ganzen Sache nicht dabei und Heinz ist tot.«

»Ja, aber Schelk …«

»Ich weiß, du hast ihn gefunden. Es ist deine Leiche.« Till warf einen kleinen Holzstock in den Weiher.

Jannek betrachtete Till von der Seite.

»Was ist? Hab ich irgendwas im Gesicht?«, fragte Till und fasste sich an die Nase.

»Nein, ich … Mir ist nur eingefallen, was Schelk in der Kneipe zu deinem Vater gesagt haben soll. Das mit den eigenen Kindern und so.«

»Und? Machst du jetzt Gesichtskontrolle, oder was?« Till hielt Jannek sein Gesicht entgegen. »Sehe ich aus wie Schelk der Zweite?«

»Bis auf die Haare eigentlich überhaupt nicht«, befand Jannek.

Till nickte. »Und die hab ich von meinem Opa. Mütterlicherseits. Ansonsten bin ich Dietmar wie aus dem Gesicht geschnitten. Die gleiche Knubbelnase, die rosa Backen, die graublauen

Augen und das Grübchen am Kinn. Nur seine Wampe habe ich zum Glück noch nicht.«

»Also hast du keine Sekunde gedacht, dass Schelk dein Vater hätte sein können?«

»Na klar hab ich das! Was meinst du denn, warum ich mein Gesicht auf einmal so genau kenne? Ich stand gestern bestimmt noch eine halbe Stunde vor dem Spiegel. Dann kam meine Mutter auf einmal rein und sah mich so traurig an, dass ich mich echt seit langem mal wieder geschämt habe.«

Von Großkumerow waren die Kirchenglocken zu hören. Es war schon eins. Jannek stand auf und steckte die Hände in die Jackentaschen. »Ich muss leider los. Ich will noch mal mit Hanne reden und muss meine Sachen zusammensuchen.«

»Kein Problem. Ich hol dich dann ab.«

Jannek und Till gingen gemeinsam zur Hauptstraße, dann bog jeder in seine Richtung ab.

Hanne war auf dem Hof und fütterte die Kaninchen. Jannek beschloss, zuerst seine Sachen zu packen. Viel war es sowieso nicht, aber er hatte ein Talent dafür, etwas liegen zu lassen. Seine Mutter behauptete immer, er würde sogar ohne Kopf aus dem Haus gehen, wäre er nicht festgewachsen. Erst jetzt merkte er, dass er sich freute, sie wiederzusehen.

Nachdem Jannek alle Klamotten in seinem Zimmer aufgelesen und in seine Tasche gesteckt hatte, ging er ins Bad, um seine Zahnbürste zu holen. Er nahm sie von dem kleinen Regal unter dem Spiegel und hielt inne. Dann schaltete er das Licht über dem Spiegel ein und trat dicht heran. Die braunen, störrischen Haare fielen ihm in die Stirn und er strich sie zurück, sodass sie wirr nach oben standen. Er hatte den schmalen Mund seiner Mutter, aber im Gegensatz zu ihr ein ausgeprägtes eckiges Kinn. Seine Wangen waren leicht nach innen gewölbt, die Nase nicht auffällig groß, aber sie hatte auf dem

Nasenbein einen kleinen Huckel, den man kaum sah. Die dunklen Augenbrauen verliefen weit nach außen, und seine Wimpern waren dicht und schwarz. Das Markanteste aber waren seine Augen. Sie waren groß und dunkelbraun. Fast schwarz. Jannek wusste, wo er solche Augen schon einmal gesehen hatte.

Er hörte, wie die Hintertür ging, und verließ das Bad. Nachdem er die Zahnbürste eingepackt hatte, trug er die Tasche auf den Flur und ging in die Küche zu Hanne. Sie trocknete die Keksdose ab. »Hier, du kannst sie wieder mitnehmen.«

»Was hast du mit den Keksen gemacht?«

»Was soll ich mit ihnen gemacht haben? Wozu sind sie denn da?«

»Du hast sie gegessen?« Jannek runzelte die Stirn.

»Ich und Gertrud und Armin, als sie zum Kaffee hier waren. Wieso? Wollest du auch noch welche?«

Jannek schüttelte schnell den Kopf und steckte die leere Keksdose in die Tasche.

Hanne betrachtete Jannek schweigend. Ihre Augen waren eisblau wie immer, aber sie kamen ihm nicht mehr so kalt vor. »Was wollt ihr jetzt machen, wo euch der dicke Hempel alles erzählt hat?«, fragte sie schließlich.

Jannek zuckte mit den Schultern. »Mit dem Wissen leben, schätze ich.«

Hanne nickte langsam. »Dazu habe ich mich damals auch entschlossen. Das ist nicht so einfach.« Sie starrte durch Jannek hindurch und sagte: »Manchmal denke ich, Schelk hat uns alle noch an der Angel.«

Jannek wollte nicht mit Hanne über Schelks Tod reden. Er hatte gestern so viel gehört, worüber er erst nachdenken musste, und er hatte schon mit Till und Rike darüber geredet und das Gefühl, alles drehte sich im Kreis. Außerdem gab es noch eine andere Sache, die ihn seit einer Weile beschäftigte. Er musste Hanne jetzt fragen. Es blieb ihm nicht mehr viel Zeit, wenn er noch zu Rike gehen wollte, bevor Till kam und ihn abholte.

»Hanne … dieser Knubs …«

»Andreas Knuse«, sagte Hanne.

Jannek nickte. »War irgendwas mit ihm und Mama?«

Hanne zögerte. »Sie war seine große Liebe.«

»Und waren die beiden … ich meine … ist damals …«

»Er ist nicht dein Vater.« Hannes Stimme klang klar und kalt.

Jannek schwieg einen Moment und sah Hanne in die Augen. »Ich weiß. Du kanntest meinen Vater, nicht wahr?«

Hanne öffnete den Mund und schloss ihn ohne einen Ton wieder.

»Er ist tot.« Jannek versuchte eine Regung auf Hannes Gesicht zu erkennen. Doch ihre Miene verriet nichts. »Frank Schelk war mein Vater«, sagte Jannek leise.

In dem Moment hörte Jannek, wie draußen ein Auto vorfuhr, und eine Sekunde darauf erklang ein Hupen. Das musste Till sein.

Jannek ging einen Schritt auf Hanne zu. »Hanne? Stimmt es?«

Hanne wandte den Blick ab. Es vergingen Sekunden. Dann nickte sie.

Jannek atmete aus. Einen Augenblick lang schloss er die Augen, dann ging er in den Flur und nahm seine Tasche. Er war froh, dass der Moment vorbei war. Er wollte jetzt nicht darüber reden oder nachdenken. Es war zu viel für eine Woche, zu viel, um es verstehen zu können. Vielleicht würde er später mit seiner Mutter reden. Oder auch nicht.

Mit einem Ruck öffnete er die Haustür und winkte Till zu, der im Auto wartete. Dann drehte er sich noch mal um, um sich von Hanne zu verabschieden. Er erschrak, so dicht stand sie hinter ihm.

Er wollte etwas sagen, doch sie zog ihn an sich heran und umarmte ihn. Nicht fest und herzlich, sondern ganz leicht und etwas unbeholfen. »Es war gut, dass du da warst«, sagte sie.

Jannek sah in ihr ernstes Gesicht. »Mach's gut. Bis spätestens Weihnachten.« Er schulterte die Tasche und ging zum Auto. Bevor er die Beifahrertür aufmachte, drehte er sich noch mal um. »Ach so, Hanne! Hättest du was dagegen, wenn sich Herr Steinmann und Rike die alte Hollywoodschaukel aus der Scheune abholen?«

Hanne schüttelte den Kopf. »Von mir aus können sie auch die bulgarischen Fliesen mitnehmen und daraus ein Schwimmbad bauen.«

Jannek lächelte. Dann stieg er ein und warf seine Tasche auf den Rücksitz.

»Mann, was war denn eben mit Hanne los?«, fragte Till, drehte am Ende der Gasse um und fuhr zurück auf die Hauptstraße. »Schiebt die jetzt auf ihre alten Tage 'nen Sentimentalen?«

»Keine Angst. Ich glaub, das mit dem Umarmen war nur ein einmaliger Anfall. Sie wird jetzt auf jeden Fall nicht anfangen für ihren einzigen Enkel Strümpfe zu stricken.«

»Sei froh, was meinst du, wie die Dinger von meiner Oma immer gekratzt haben.« Till sah kurz nach links und rechts und bog dann auf die Hauptstraße. »Ich bin übrigens ein bisschen früher gekommen, weil ich dachte, du willst dich vielleicht noch von jemandem verabschieden.«

Jannek sah Till erstaunt an, und da bog er bereits auf den schmalen Kiesweg am Ortsausgang, der zu dem Haus der Steinmanns führte. »Das hatte ich tatsächlich vor«, sagte Jannek.

Till parkte neben dem Schrotthaufen und sie gingen zur Haustür und klopften. Nach ein paar Sekunden wackelte die Gardine in dem kleinen Fenster neben der Tür und Robert öffnete.

»Hallo! Ihr könnt gerne reinkommen, aber dann müsst ihr euch mit mir vergnügen. Rike ist nicht da.«

»Nicht? Mist. Wo ist sie denn?«, fragte Till.

»Sie ist doch nicht etwa wieder …?«, fragte Jannek.

»Nein, nein. Das haben wir geklärt. Sie ist wie immer mit dem Rad unterwegs. Fragt mich nicht, wohin und wie lange.«

»Schade«, meinte Till. »Unser J.J. hier fährt nämlich gleich zurück in die große Stadt.«

»Ich wollte mich nur verabschieden. Könnten Sie Rike …«

»Verdammt noch mal! Wenn du mich noch einmal siezt, könnte ich gleich was ganz anderes!«, polterte Robert.

»'tschuldigung. Könntest du Rike sagen, dass ich hier war und … dass es schön gewesen wäre, wenn ich sie noch mal gesehen hätte?« Und dass ich sie unbedingt wiedersehen will und mir nicht vorstellen kann, darauf bis Weihnachten zu warten, dass mich ihre graublauen Augen an geschliffene Steine erinnern und dass ich vermissen werde, wie sie sich eine Strähne aus der Stirn streift und sich über die feinen goldbraunen Härchen auf ihrem Arm fährt und wie sich eine tiefe Falte auf ihrer Stirn bildet, wenn sie nachdenkt.

Robert musterte Jannek. »Noch etwas?«

»Ähm, ja. Wenn sie mag, kann sie sich die Hollywoodschaukel bei Hanne aus der Scheune abholen. Ich hätte auch geholfen, aber …«

»Schon klar, du musst los«, sagte Robert. »Hollywoodschaukel, was? Nicht schlecht.« Robert lächelte Jannek zu, dann hob er kurz die Hand und schloss die Tür. Die Jungen drehten sich um und gingen zum Auto.

Till fuhr Jannek nach Sandemünde. Obwohl sie sich eine ganze Weile nicht sehen würden und in der Woche in Ribberow viel passiert war, redeten sie nicht. Durch Janneks Kopf gingen so viele Gedanken, dass er sich nicht entscheiden konnte, welchen er davon in Worte fassen sollte oder konnte. Er lehnte sich zurück und sah aus dem Seitenfenster, wie sandige Wege, goldbraune Felder und rotgelbe Bäume vorbeiflogen. Vielleicht mussten sie auch gar nichts sagen. Sie waren Freunde.

Till brachte Jannek bis zum Gleis und wartete, bis der Zug einfuhr. Neben Jannek standen nur drei weitere Zuggäste auf dem Bahnsteig.

»Komm, J.J., ich mach dir die Hanne«, sagte Till.

»Was?«

Till breitete die Arme aus und drückte Jannek an sich. »Mach's gut, Kleiner. Schade, dass du wieder abhaust. Wir sind ein verdammt gutes Team.«

Jannek nickte. »Keine Sorge, ich komm wieder. Und du kannst auch mal ins Großstadtrevier nach Pinzlau kommen.«

»Nee, Stadtluft ist nicht gut für mich, hat mein Arzt gesagt.« Jannek schüttelte den Kopf und grinste, dann stieg er in den Zug. Er winkte Till zu, der mit zwei Fingern an der Schläfe grüßte, dann schloss sich die Tür, der Zug setzte sich langsam in Bewegung und Till war verschwunden.

»Tach. Die Fahrscheine bitte!«, rief ein Bahnbeamter, der direkt vor Jannek stand.

Jannek fuhr hoch. Er war eingeschlafen und hatte halb auf dem Sitz gelegen. Der Bahnbeamte musterte Janneks Fahrschein, als wäre es ein Atomwaffensperrvertrag, und knipste ihn schließlich. Dann gab er ihn Jannek zurück und ging weiter.

Jannek sah auf die Uhr. Er hatte über eine Stunde geschlafen. Langsam erinnerte er sich an das wirre Zeug, das er geträumt hatte. Er war auf einer Art Gartenfest gewesen. In dem Garten standen Figuren, wie bei den Steinmanns hinter dem Haus.

Doch die Figuren hatten die Gesichter von Leuten aus dem Dorf. Sie konnten sehen und reden, aber sich nicht bewegen. Jannek spielte mit Till und Rike, sie waren ungefähr sechs oder sieben Jahre alt, aber ihre Gesichter sahen genau aus wie jetzt. Im Garten stand eine Hollywoodschaukel, darauf saß ein Paar. Es waren Frank Schelk und Janneks Mutter. Auf einmal begannen Till, Jannek und Rike um einen Ball zu streiten, dabei gab es ganz viele Bälle in dem Garten. Janneks Mutter stand auf und zog Jannek weg. Sie nahm ihn einfach unter den Arm wie einen Koffer und ging. Jannek sah, dass Schelk noch auf der Hollywoodschaukel saß. Er blickte ihnen nicht nach. Er war tot.

Der Klingelton seines Handys schreckte Jannek aus den Gedanken. Er holte das Handy aus der Jackentasche und sah auf das Display. Er kannte die Nummer nicht, aber es war jemand aus Ribberow. »Jannek Jensen.«

»Rike Steinmann.«

»Rike?« Jannek setzte sich gerade hin, als könnte er so besser hören. »Mann, echt schön, dass du dich meldest, also, ich meine, wir haben uns ja beim Abschied verpasst und so.«

»Das war Absicht.«

»Wie bitte?«

»Ich hasse Abschiede. Meistens sagt man da sowieso nur Blödsinn.«

»Das heißt, du bist vorhin extra Rad gefahren?«

»Klar. Ich war fast den ganzen Tag unterwegs, weil ich nicht wusste, wann genau dein Zug geht.«

»Bei dem Training sieht es mit meiner Revanche noch schlechter aus«, sagte Jannek.

»Ich fürchte auch, du hast keine Chance.«

»Von wem hast du eigentlich meine Nummer?«

»Von Till.«

»Du hast Till danach gefragt?«

»Nein. Er war vorhin noch mal bei uns und hat sie mir einfach so auf einem Zettel in die Hand gedrückt. Für einen Hilfssheriff ist er gar nicht verkehrt, was?«

Jannek schwieg einen Moment. »Nein, er ist so was von überhaupt nicht verkehrt.«

Ein paar Sekunden sagte niemand etwas. »Danke für die Hollywoodschaukel«, sagte Rike schließlich.

»Kein Problem. Rufst du deswegen an? Um dich zu bedanken und zu verabschieden?«

»Nein. Ich will mich nicht von dir verabschieden.«

»Heißt das, du sitzt jetzt gar nicht zu Hause, sondern ein Abteil weiter im Zug?«

Rike lachte. »Das wäre nicht schlecht.« Dann wurde sie ernst. »Ich habe mich für ein Praktikum bei einem Blumengroßhändler in Pinzlau beworben. Gestern kam die Zusage. In den Winterferien mache ich das Praktikum, und wenn alles gut läuft, kann ich nach der Schule nächstes Jahr meine Lehre dort anfangen.«

Jannek drückte das Handy so fest ans Ohr, dass es ganz warm wurde. »Echt? Das ist … super. Ich kann dir die Stadt zeigen, wir können alles Mögliche machen.«

»Auf dem Fahrrad?«

»Du willst alles Mögliche auf dem Fahrrad machen?«

»Quatsch. Die Stadtrundfahrt natürlich.«

Jannek lauschte in den Hörer, und obwohl Rike nichts sagte, war er sich sicher, dass sie lächelte.

»Kommst du Weihnachten nach Ribberow?«

»Ja, versprochen.«

»Ich warte auf dich. Versprochen.«

Dann hörte Jannek ein Klicken. Rike hatte aufgelegt. Jannek sah die Landschaft vor dem Fenster vorbeirauschen. »Bis bald«, sagte er leise.

Franziska Gehm

Franziska Gehm wurde 1974 in Sondershausen
geboren. Nach ihrem Studium in Deutschland,
England und Irland arbeitete sie bei einem Wiener
Radiosender, an einem Gymnasium in Dänemark
und bei einem Kinderbuchverlag. Heute lebt sie
als Autorin und Übersetzerin mit ihrer Familie
in München. Sie hat mittlerweile zahlreiche
Kinder- und Jugendbücher veröffentlicht, die in
viele Sprachen übersetzt wurden.
Der Tote im Dorfteich wurde für den
Hansjörg-Martin-Preis nominiert.